KB048674

# 독립운동가 말꽃 모음

이 도서의 국립중앙도서관 출판예정도서목록(CIP)은 서지정보유통지원시스템
홈페이지(http://seoji.nl.go.kr)와 국가자료공동목록시스템(http://www.nl.go.kr/kolisnet)에서
이용하실 수 있습니다.(CIP제어번호: CIP2019034577)

**독립운동가 말꽃모음**

2019년 9월 20일 초판 1쇄 펴냄

엮은이 설흔

펴낸곳 도서출판 단비

펴낸이 김준연

편집 최유정

등록 2003년 3월 24일(제2012-000149호)

주소 경기도 고양시 일산서구 일중로 30, 505동 404호(일산동, 산들마을)

전화 02-322-0268

팩스 02-322-0271

전자우편 rainwelcome@hanmail.net

ISBN 979-11-6350-017-9 03810



* 책값은 뒤표지에 있습니다.

# 독립운동가 말꽃 모음

설흔 엮고 씀

단비
danbi

## 머리말

'말꽃'이라는 이름의 책에 독립운동가들보다 더 잘 어울리는 사람들이 있을까? 그 느낌에 홀려 평소에 관심을 가졌던 분야도 아닌데 덜컥 제안을 수락하고 말았다. 그리고 몹시 부족한 책을 내놓게 되었다. 변명 삼아 선별된 말꽃의 특징을 간단히 설명하고 싶다.

제목은 '말꽃'모음이지만 말뿐만 아니라 행적들 또한 상당부분 포함되었다. 한마디 말보다는 행동을 더 중시한 독립운동가 삶의 특성을 고려했다.

대부분의 말꽃은 원자료를 읽기 쉽게 바꾸어 썼다. 때로는 과감하게 이야기식으로 정리를 하기도 했다. 지금의 우리로서는 이해하기 어려운 복잡한 상황에서 나온 말꽃들이 많기에, 최대한 해설이나 각주 없이 읽었으면 하는 바람으로 그렇게 했다.

안중근, 안창호, 이회영 등 널리 알려진 이들의 말꽃이 꽤 많은 분량을 차지하고 있다. 상대적으로 자료가 풍부하며, 알리고 싶은 내용 또한 많기 때문이다. 김산의 것 또한 많은데 그의 삶에 대한 개인적 관심의 반영이다.

김구, 신채호의 말꽃은 제외했다. 그들의 이름을 건 말꽃모음이 이미 나와 있어서이다. 여성독립운동가의 말꽃 또한 제외했다. 따로 책이 나올 예정이기 때문이다.

모든 독립운동가의 말꽃을 모았으면 더할 나위 없이 좋았겠으나 그건 불가능한 바람이었다. 나라의 독립을 위해 몸과 마음을 바친 이들은 밤하늘의 별처럼 많고도 많으니.

친일파의 후손들이 만들어 내는 온갖 요설들과 현란한 불빛이 나라의 낮과 밤을 어지럽히는 지금, 별들은 마치 사라진 것처럼 보인다. 그러나 비록 보이지는 않아도 별들은 여전히 그 자리에 있는 것이 분명하다.

— 엮은이 설흔

# 독립운동가 말꽃모음

# 1

## 이회영

**이 나라의 교목세신이 되어 왜놈 밑에서 노예로 구차하게 생명을 이어야 하겠는가?**

**우리 형제들은 차라리 대의를 위해 죽는 길을 선택하자.**

**국경을 넘어 만주의 드넓은 벌판으로 가서 독립운동에 남은 삶을 모두 바치자.**

교목세신(喬木世臣)이란 무엇인가? 여러 대에 걸쳐 중요한 벼슬을 지낸 집안의 인물들을 말한다. 이회영 일가는 당대의 손꼽히는 명문거족이었다. 10대조는 오성과 한음의 고사로 유명한 이항복이다. 부친 이유승은 이조판서를 지냈으며, 동생 이석영의 양부는 영의정을 역임한 거부 이유원이었다.

한일 강제 합병 조약이 체결된 1910년 8월 남만주 일대를 시찰하고 돌아온 이회영은 형제들을 소집했다. 안건은 단 한 가지, 가산을 정리해 서간도로 떠나자는 것. 형제들은 뜻밖의 제안이라 여길 수도 있었다. 시대에 순응한 다른 명망가들처럼 일본에 살짝 고개를 숙이기만 하면, 아니 구차하게 고개를 숙일 것도 없이 그저 입 다물고 조용히만 있으면 부와 명예를 유지, 혹은 확대하기는 어렵지 않았다. 형제들은 이회영의 의견을 따르기로 했다. 교목세신이란 결국 나라와 운명을 같이 하는 신하였기 때문이다. 나라가 사라졌는데 아무 일도 없었던 것처럼 살아가는 건 교목세신에게는 어울리지 않는 태도였다.

1911년 정월, 이회영 6형제는 일가족 40여 명을 거느리고 압록강을 건넜다. 지금 가치로 치면 수백 억을 상회하는 재산 또한 독립운동에 사용하기 위해 모두 정리한 상태였다. 국경을 넘는 그들의 마음은 어떤 상태였을까? 이회영의 아내 이은숙의 표현을 인용한다.

**부모의 나라를 버린 망명객들에게 기쁨과 흥분은 없었다. 그러나 왜놈의 하대에서 벗어난 것만으로도 충분히 상쾌했다.**

이회영 일가가 국경을 넘었다는 소식을 들은 이상재는 이회영 일가족처럼 6형제 40여 명이 한마음으로 결의하고 나라를 떠난 일은 비슷한 예를 찾기도 어려운, 그야말로 전무후무한 일대 사건이라고 평했다.

이회영.

## 2

## 이상룡

**우리가 죽으면 누가 기뻐하겠는가?**

**바로 왜놈들이다.**

**스스로 목숨을 버리지 마라.**

**끝까지 싸우다 죽는 게 우리가 할 유일한 일이다.**

서울에 이회영이 있었다면 안동에는 이상룡이 있었다. 안동은 전통적으로 유림의 목소리가 높은 곳이었다. 그러나 이상룡을 사서삼경과 공맹에 목숨을 건 고리타분한 선비로 생각해서는 안 된다. 전통 유림 출신임에도 이단서 『양명실기』를 구해 읽은 후 왕양명의 기개를 높이 평가했을 정도로 열린 마음을 지녔던 이상룡은 대다수 유림들의 선택, 자결하거나 외면하는 방법을 따르지 않았다. 전쟁터에도 나갔던 왕양명의 예를 따라 물심양면으로 의병 활동을 지원했고 나중에는 직접 의병 결성에 나서기도 했으나 시대에 뒤처진 의병만으로는 결코 일본을 이길 수 없다는 뼈아픈 깨달음만 얻었을 뿐이다.

이상룡. 1925년 임시정부 국무령 취임 때 기념 촬영한 사진.

이상룡은 결단을 내린다. 해외에 독립군 기지가 건설될 예정이라는 소식을 접한 후 손위 처남 김대락 등과 함께 온 가족을 이끌고 압록강을 건넌 것이다. 고향을 떠나면서는 유림들이 목숨보다도 귀하게 여기는 조상의 신주를 땅에 파묻었다. 나라가 없는데 신주가 도대체 무슨 소용이냐는 뜻이었다.

## 3

## 안중근

**이제 나는 술을 끊을 것이다.**

**나라가 독립하는 그날까지 단 한 방울의 술도 마시지 않으리라.**

을사늑약 체결 소식을 들은 안중근은 큰 충격을 받았다. 부친 안태훈과 앞날을 논의했다. 긴 토의 끝에 결론을 얻었다. 중국으로 이주하는 것! 안중근은 가족을 대표해 먼저 중국으로 가서 동향을 살피기로 했다. 상하이로 간 안중근은 무엇을, 어디서부터, 어떻게 시작하는 게 좋을지 몰랐다. 답이 있겠지, 하는 막연한 기대로 조선에서 온 유력 인사 민영익을 세 차례나 찾아갔으나 모두 거절을 당했다. 한국인은 만나지 않는다는 냉정한 답변만 얻었을 뿐이다. 앞날을 고민하던 안중근은 국내에서부터 알고 지내던 프랑스인 신부를 우연히 만난다. 고국에 돌아가 실력을 양성하고 교육에 매진하며 민심을 수습하라는 조언이 그럴듯했기에 안중근은 귀국을 택한다. 안중근을 기다리던 것은 안태훈이 세상을 떠났다는 소식이었

안중근. 하와이 대한인국민회에 걸려 있던 사진. (독립기념관 제공)

다. 아버지의 임종을 지키지 못한 안중근은 눈물을 흘린 후 결심한다. 좋아하던 술을 아예 끊어 버리기로. 모든 개인적 기호를 다 버리고 대한독립에 몸과 마음을 다 바치기로.

## 4

## 안창호

**내가 밥을 먹고 잠을 잔 이유는 오직 하나, 대한독립을 쟁취하기 위해서이다.**

**살아 있는 한, 목숨이 붙어 있는 한, 나는 쉬지 않고 독립운동을 할 것이다.**

1932년 4월 29일 상하이 홍구공원에서 요란한 폭발음이 들렸다. 윤봉길이 던진 폭탄이었다. 김구가 주도하고 윤봉길이 행동한 의거였다. 처음부터 끝까지 계획한 김구는 잡히지 않았으나 김구 못지않게 중요한 인물이 체포되었다. 프랑스 조계에 머물던 안창호였다. 안창호는 프랑스 경찰에 체포되어 일본 영사관에 넘겨졌다. 중국 국적을 갖고 있으므로 체포는 부당하다고 항의했지만 항변은 먹히지 않았다. 나라를 잃은 한국인에게 국제법은 별반 의미가 없었다.(뒤에 나오는 김산의 말을 읽어 보기 바란다.) 국내로 송환된 안창호는 4년 형을 선고받은 후 대전교도소에 수감되었다. 일본 경찰은 출옥한 안창호에게 그렇게 고생하고도 독립운동을 계속할 거냐고 비아

안창호. 흥사단 조직을 강화하던 당시의 사진. (독립기념관 제공)

냥거리며 물었던 모양이었다. 안창호의 뜻은 당연히 조금도 변하지 않았으며 목숨이 다하는 그날까지도 그랬다.

## 5

## 김창숙

**송병준, 이용구는 대한의 백성이다. 대한의 백성으로 한일합방론을 부르짖고 있으니 어찌 그 인간들이 역적이 아니겠는가?**

**나는 역적들과는 한 하늘 아래에서 살지 않기로 맹세를 한 바 있다.**

**역적을 성토하고 나선 이유이다.**

유학을 공부하던 김창숙은 계몽운동 단체인 대한협회 성주지회 총무로 일하면서 본격적인 항일 투쟁에 뛰어들었다. 1909년 즈음 친일 매국 단체 일진회의 광란은 극에 달했다. 이토 히로부미가 주장하는 한일합병론에 적극적으로 동조하고 나선 것이다. 다수의 사람들은 알고도 모른 척했다. 그들의 기세가 워낙 거셌기 때문이었고, 조선이 멸망하리라는 사실은 그들의 드높은 목소리가 아니어도 누구나 짐작할 수 있는 일이었기 때문이었다. 그러나 김창숙은 가만히 지켜보고 있지 않았다. 일진회 두목 송병준, 이용구 등을 비난하는 성토문을 작성해 중추원에 제출하고 여러 신문사에 투고했다. 김창숙의 논지는 명확했다.

**역적을 치지 않는 사람 또한 역적이다.**

이 일로 김창숙은 일본 경찰에게 한동안 고초를 겪게 되지만 그는 조금도 흐트러진 모습을 보이지 않았다. 일찍이 그는 성인의 글을 읽고도 성인이 세상을 구제한 뜻을 깨닫지 못했다면 가짜 선비라고 말한 바 있었다. 김창숙은 가짜 선비가 아닌 진짜 선비의 길을 걸은 사람이었다. 김창숙이 조선의 마지막 선비라고 불리며 사람들의 존경을 받았던 이유이다.

성균관대학교 인문사회과학캠퍼스에 있는 김창숙의 동상.

## 6

## 김경천

**1919년 전무후무한 세계적 회의가 열렸고 약소민족들에게도 권리를 준다는 말이 전해졌다. 이에 동경유학생들이 독립운동의 첫소리를 냈다.**

**도쿄에서 사관학교를 마치고 일본 육군 기병 제1연대 사관으로 재직하던 때였다. 꿈처럼 기쁜 중에도 불 보듯 뜨거워지는 마음을 참을 수가 없었다.**

무인 집안의 자손으로 나폴레옹을 존경했던 김경천은 조국의 상실에 대해 크게 괘념하지 않았다. 그랬기에 일본 육사에 입학했고 꿈을 이뤘다며 뿌듯해했다. 일본 군인으로 생을 마감할 뻔했던 그의 진로를 바꾼 건 1919년 2월 8일 동경유학생들이 발표한 독립선언문이었다. '최후의 한 사람까지 자유를 위해 뜨거운 피를 흘리겠다'는 뜨거운 문장은 김경천의 마음을 요동치게 했다. 김경천은 후배인 이청천과 함께 탈영을 시도, 기차로 국경을 넘는 데 성공한다. 이후 그는 독립운동에 평생을 바쳤고 '김 장군'이라는 명예로운 호칭을 얻었다.

김경천.

## 7

### 신규식

**애꾸눈으로 왜놈들을 흘겨보겠다.**

**이것은 나의 상처가 아니다.**

**민족의 비극을 상징하는 상처다.**

을사늑약이 체결되었다는 소식에 신규식은 집을 박차고 나섰다. 그는 북촌의 솟을대문들을 몽둥이로 치며 을사오적들은 나오라고 외치고 다녔다. 신규식 나름으로는 위험을 감수하고 한 행동이었으나 가슴속 분기만 터뜨렸을 뿐 실질적 성과는 전혀 없었다. 집으로 돌아온 신규식은 사흘을 내리 굶은 후 독약을 마시고 자살을 시도했다. 가족의 발견으로 목숨은 건졌으나 대가는 치러야만 했다. 한쪽 눈의 시력을 잃은 것이다. 그날 이후 그의 호는 흘겨볼 예와 볼 관 두 자로 이루어진 예관(睨觀)이 되었다. 말 그대로 흘겨본다는 뜻이다.

신규식은 눈을 잃었지만 깨달음을 얻었다. 자신의 상처는 개인의 상처가 아니라는 사실, 비극적인 민족의 일원이 감당해야 할 상징적인 상실임을 깨달았던 것!

상해 시절, 신채호, 신석우, 신규식.

## 8

### 김창숙

**나는 조국의 독립을 위해 분투하는 혁명가다.**

**가난은 괴로우나 당연히 받아들여야 할 현실일 뿐이다.**

김창숙은 삼일운동 후 중국으로 망명해 독립운동을 했다. 임시정부에서 주요 인물로 활약하는 등 김창숙의 이름이 점차 높아지자 파리 같은 김달하가 접근해 왔다. 김달하는 독립운동가 행세를 했으나 실은 일제의 끄나풀이었다. 김달하는 김창숙의 가난을 노렸다. 작전은 통하지 않았다. 김창숙은 분투하는 혁명가로서 가난은 당연히 받아들여야 할 현실이라고 대답했다. 김달하는 명예 쪽으로 노선을 전환했다. 총독부에 자리를 마련해 놓았다고 했다. 성공하지도 못할 독립운동을 하느라 어려움을 자초하는 모습을 같은 동족으로서 차마 보고 있기가 힘들다고 눈물로 호소했다. 김창숙은 김달하의 손을 뿌리치고 외쳤다.

**내 경제적 사정이 어려운 것을 노려 나를 매수하려고 하느**

**냐? 사람들이 너를 밀정이라고 해도 고개를 젓고 믿지 않으려 했다. 지금 비로소 그 말들이 허위가 아님을 알게 되었다.**

김창숙은 김달하를 용서하지 않았다. 얼마 후 비밀운동단체인 다물단원 황익수, 이호영, 의열단원 유자명, 이종희 등이 나서 김달하를 암살했다.

## 9

### 이종희

**의로운 일을 행하자.**

**의로움을 추구하는 삶을 살자.**

의열단원이 되기 전 이종희가 어떤 삶을 살았는지는 확인되지 않는다. 행적이 전혀 알려지지 않은 사실로 유추해 볼 때 내세울 것이 많았던 삶은 분명 아니었을 것이다. 그런 사람이 한순간에 독립운동의 최전선에 뛰어들었다. 무엇이 그를 독립운동으로 이끌었는지 우리는 정확히 알 수 없다.

이종희는 다른 독립운동가에 비하면 비교적 많은 나이인 30세에 의열단원이 되었다. 시작은 미약했어도 끝은 장대하리라는 유명한 성경 구절처럼 그는 남보다 늦게 시작했으나 그 누구보다도 활발하게 활동했다. 김창숙을 비롯한 독립운동가들을 회유하고 모략하던 일본의 밀정 김달하를 암살하는 일에 가담했으며 김원봉과 함께 광복군 지대를 지휘했다.

광복 후 배를 타고 고국으로 돌아오던 이종희는 부산항에 도착하기 하루 전에 사망했다. 고국은 끝까지 그를 외면했다.

고 표현한다면 과장인 걸까?

## 10

### 안창호

**생각지도 않은 때에 어떤 신이 다가와 너는 무엇을 하고 있느냐고 물을 날이 올 것이다.**

**이러저러한 일을 하고 있다고 조금도 망설이지 않고 대답할 수 있는 사람, 그런 삶을 사는 사람이 되어야 한다.**

안창호가 1927년 동광 1월호에 발표한 글이다. 동광은 흥사단의 기관지 성격을 지녔던 잡지로 주요한이 편집 책임을 맡았는데 할 말이 참 많았던 안창호는 거의 매번 글을 투고했다. 내용에서도 드러나듯 안창호는 준비는 하지 않은 채 그저 방황하고 주저하는 태도만 보이는 사람을 무척 싫어했다. 아무리 시대가 어둡고 미래가 막막하더라도 인내하고 준비하고 행동하면 반드시 성공한다고 믿었던 사람이 바로 안창호였다.

대한민국 임시정부 국무원 기념 사진. 앞줄 왼쪽부터 신익희, 안창호, 현순.
뒷줄 김철, 윤현진, 최창식, 이춘숙. (1919년 10월 11일, 독립기념관 제공)

## 11

## 이상룡

**자신을 새롭게 하는 데는 두 가지 길이 있다.**

**내가 주체가 되면 새롭게 하는 권한이 내게 있으니 스스로 고를 것은 고르고 버릴 것은 버려 가며 최선의 상태에 도달할 수 있다.**

**타인이 주체가 되면 새롭게 하는 권한이 타인에게 있기에 속박만 당하다가 결국은 자유를 잃게 된다.**

이상룡은 서간도에서 자신계(自新契)라는 주민 자치조직을 이끌었다. 말 그대로 매일매일 자신을 새롭게 하는 삶을 살자는 것이 자신계의 기본 취지였다. 이상룡은 조직의 힘을 믿었다. 함께 힘을 모아야만 원하는 권리를 획득할 수 있고 모두가 최종적으로 원하는 바인 독립 또한 쟁취할 수 있다고 믿었다. 이상룡이 단체 결성에 특히 열성을 보인 이유였다.

## 12

### 김대락

**쇠붙이와 돌은 깨질지 몰라도 자유를 향한 우리의 열정은 깎아 낼 수 없는 고귀한 것이다.**

**커다란 쇳덩어리가 앞을 가로막더라도 진보하는 단체는 결코 멈추게 할 수 없다.**

이상룡의 처남 김대락은 이상룡과 행동을 함께했다. 이상룡 곁에는 항상 김대락이 있었다고 말해도 과언은 아니었다. 김대락은 일종의 전위대 격으로 이상룡보다 앞서 서간도로 떠나는 역할을 맡았다. 국경을 넘은 후 증손자가 태어나자 그는 크게 기뻐했다. 왜놈의 땅에서 태어나지 않아서 통쾌하다며 아명을 '쾌당(快唐)'이라 지었다.

김대락은 이상룡보다 나이가 13세나 더 많았지만 사고는 유연하고 자유로웠다. 서양이 먼저 문명을 깨달았기에 후발주자인 동양이 서양을 숭배해도 하나도 이상하지 않다고 주장했다. 그의 나이와 평생 유학 공부만 했던 이력을 고려해 보면 실로 파격적인 생각이었다.

## 13

## 이상설

**나라가 망했는데 백성이 깨닫지 못하니 어찌 통곡하지 않을 수 있겠는가?**

**민영환이 자결한 오늘이 바로 이 나라 전 국민이 망한 날이다.**

을사늑약이 체결되었다는 소식을 들은 민영환은 자살로 항거와 불복종과 사죄의 뜻을 밝혔다. 의정부 참찬 이상설은 어떤 행동을 했는가? 종로에서 머리를 바닥에 부딪히며 울부짖었다. 그의 뜨거운 피가 거리를 물들였고 흐르는 눈물이 바닥을 적셨다.

정신을 잃었다가 깨어난 이상설은 전과는 전혀 다른 사람이 되었다. 우리는 고종이 파견했던 헤이그 밀사 중의 한 명, 그것도 이준의 그림자 역할로만 그를 기억한다. 그는 그런 사람이 아니었다. 죽을 때까지 전심전력으로 독립을 위해 투쟁했던 사람이었다.

## 14

## 김시현

**내가 몸을 돌보는 방법은 오직 하나,**

**독립운동을 하는 것이다.**

의열단원 김시현은 1923년 국내에 잠입했다가 체포되어 6년을 감옥에서 보냈다. 혹시라도 고문을 당하다가 비밀을 누설할까 싶어 혀를 깨물었을 만큼 지독한 사람이기도 했다. 아내는 그런 그가 뿌듯하면서도 못마땅했다. 그랬기에 출소한 그에게 감옥은 그만 다니고 제발 좀 몸이나 돌보라고 부탁했으리라. 아내의 간절한 바람과는 달리 김시현은 감옥을 자기 집처럼 들락거렸다.

해방 후에도 그는 변하지 않았다. 1952년, 독재자로 변신한 이승만을 저격하려다 실패하고 옥고를 치렀다. 그의 독창적인 건강 유지법이 평생 바뀌지 않았음을 알 수 있는 대목이다.

## 15

### 이회영

**나는 원래부터 벼슬을 좋아하지 않았다.**

**독립을 얻은 한국은 반드시 사민이 평등한 사회, 만인이 자유와 평등을 누리는 사회, 공평하게 행복을 누리며 기회가 균등하게 부여되는 사회가 되어야 하겠다는 것이 나의 독립관이자 정치 이념이다.**

**내가 남에게 지배받고 싶지 않다면 나도 남을 지배해서는 안 되는 법이다.**

**지배 없는 세상, 억압과 수탈이 없는 세상, 우리 독립 한국에서는 이러한 가치들이 꼭 실현되어야 하겠다는 것이 나의 일관된 믿음이었다.**

교목세신에서 망명객으로 일대 변신한 이회영은 오십 대 후반에 무정부주의자로 다시 변신한다. 무정부주의자라는 단어에는 왠지 모르게 사람을 두렵게 만들고 경계하게 하는 무엇인가가 있는 모양이다. 주위의 많은 이들이 놀랐고 늙은 사람이 새것이라면 환장하게 좋아한다는 원색적인 비난까지 쏟

아졌던 이유이다.

이회영의 변신은 사실 하루아침에 이루어진 일이 아니었다. 그가 추구했던 가치, 즉 지배와 억압과 수탈이 없고 자유와 평등과 기회가 있는 세상을 추구한다는 그 가치는 무정부주의자들의 생각과 조금도 다르지 않았다. 그는 망했던 나라와는 머리부터 발끝까지 완전히 다른 새로운 독립 국가를 원했다.

## 16

### 이육사

**청포도는 바로 우리 민족이다.**

**청포도가 익어 가는 것처럼 우리 민족도 익어 간다.**

**그날이 오면 일본도 끝장날 것이다.**

퇴계 이황의 후손이기도 한 이육사는 시인으로 이름을 얻었다. 실상 그는 독립운동에 일생을 바친 뜨거운 투사이기도 했다. 1925년 의열단원이 된 이육사는 평생 17회나 수감을 반복했다가 베이징의 일본 총영사관 감옥에서 세상을 떠났다. 이육사는 자신의 시 중 「청포도」를 가장 좋아했다고 한다.

'내가 바라는 손님은 고달픈 몸으로/청포를 입고 찾아온다고 했으니/내 그를 맞아 이 포도를 따 먹으면/두 손은 함뿍 적셔도 좋으련'이라는 시구에서 보이듯 그에게 청포도는 고향의 상징이자 민족의 승리를 예언하는 성스러운 과일이었다.

이육사가 어떤 생각을 가지고 세상을 살았는지를 잘 보여주는 또 다른 글, 「계절의 오행」이라는 수필 중의 한 대목을 인용한다.

이육사.

정면으로 달려드는 표범을 겁내서는 한 발자국이라도 물러서지 않으려는 내 길을 사랑할 뿐이오. 그렇소이다. 내 길을 사랑하는 마음, 그것은 나 자신에 희생을 요구하는 노력이오.

## 17

### 장준하

**애국가여, 흘러 흘러 황해로 흘러가라.**

전쟁 말기인 1944년 1월 일본군 학도병으로 징집된 장준하는 세 명의 동료들과 함께 탈출에 성공했다. 중간에 중국유격대 소속 김준엽을 만난 일행은 쉬지 않고 걷다가 쉬저우의 불노하 강변에서 떠오르는 해를 보았다. 그 순간 그들은 애국가를 부르며 자신들의 젊음을 독립운동에 바치기로 결심했다.

네 사람 중 누가 위와 같은 말을 했는지는 알 수 없다. 모르긴 몰라도 네 사람의 마음은 똑같았으리라 짐작한다. 이후 장준하와 김준엽은 충칭 임시정부 광복군에 편입했다. 불노하는 영원히 마르지 않는 강이라는 뜻이다.

조선의용대 출신 작가 김학철의 자서전 『최후의 분대장』에는 태항산에서 일본군과 결전을 치른 이야기가 나온다. 그런데 그 가운데 '조선어 사전'이 느닷없이 등장한다. 새로 태항산에 온 어느 청년들의 배낭에는 조선어 사전이 들어 있었다는 것. 언제 죽을지 모르는 전장에 오면서 무거운 조선어 사전이라니. 한편으로는 어처구니가 없으면서 다른 한편으로는 묵직한 감동이 몰려왔다. 김학철은 이렇게 적었다.

**우리의 한글은 영원히 살아남을 것이다.**

사상계 잡지 운영했던 때 장준하.

## 18

## 김산

**1919년 조국을 떠나면서 나는 한국을 원망했다.**

**나그네처럼 이 나라, 저 나라를 떠돌아다니면서 왜 하필 한국 같은 형편없는 나라에 태어나 버림받은 신세가 되었을까, 고민, 또 고민을 하며 화도 참 많이 냈다.**

**언젠가 나는 분명 한국으로 돌아갈 것이다.**

**울면서 돌아갈 생각은 없다. 싸워서 승리한 후에 자랑스러운 마음으로 돌아갈 것이다.**

1937년 여름 연안에 머물던 님 웨일즈는 영어로 대화할 사람을 찾으려다가 김산을 '발견'한다. 도서관의 영어책 대출 현황을 살펴보았는데 거의 모든 대출카드에 김산의 이름이 적혀 있었다. 님 웨일즈는 '극비 대표'라 만나기 힘들다는 김산과의 인터뷰를 추진했고 극비 대표 김산 또한 자신을 드러내는 일에 동의했다. 님 웨일즈는 22번에 걸친 인터뷰를 바탕으로 『아리랑Song of Ariran』을 썼다.

김산은 삼일운동에 참가했다는 이유로 학교에서 제적을

김산.

당한 뒤 15세의 나이로 한국을 떠났다. 일본을 거쳐 중국으로 간 그는 최종적으로 모스크바에 가기를 원했으나 뜻을 이루지 못하고 신흥무관학교로 갔다. 자신의 울음이 투쟁의 함성으로 바뀌기 전까지는 절대로 고국에 돌아가지 않겠다고 다짐했던 그는 소원을 이뤘을까?

## 19

### 민긍호

**나의 뜻은 오직 나라를 찾는 데에 있다.**

**강한 도적 왜놈들과 싸우는 게 쉽지는 않으리라.**

**설령 패하여 망망대해를 떠도는 영혼이 될지라도 나는 결코 후회 따위는 하지 않을 것이다.**

명성황후와 같은 민씨 일족이자 대한제국의 군인이었던 민긍호는 군대 해산 명령에 불복하고 투쟁을 선언했다. 1907년 8월 5일 의병을 일으켰고 1908년 2월 29일 일본군과 싸우다가 세상을 떠났다. 그가 싸운 기간은 7개월이 채 되지 않았다. 그 200여 일 동안 그는 무려 백여 차례나 전투를 벌였다. 이틀에 한 번은 싸움을 한 셈이다. 진정한 싸움꾼이었던 그의 외고손자의 이름은 우리에게도 제법 익숙하다. 동계 올림픽에서 동메달을 땄으나 강도와 싸우다 유명을 달리한 카자흐스탄의 피겨 스케이팅 선수 데니스 텐이 바로 민긍호의 외고손자다.

## 20

### 안창호

**한국, 중국, 일본, 이 세 나라의 친선이 동양 평화의 기초라는 견해에는 나도 동의한다. 당신이 지난날 일본을 혁신한 것에 대해서도 치하하는 바이며, 한국을 도우려는 호의 또한 감사하게 여긴다. 그러나 당신은 방향을 잘못 잡았다.**

**진정 우리 한국을 돕고 싶은가? 그렇다면 우리 한국인의 손으로 이 나라를 혁신하게 만들어야 한다.**

**불행하게도 일본은 한국과 중국에서 인심을 크게 잃었다. 일본의 압제 아래 있는 한 우리 한국인은 일본이 아닌 서양 세력에 도움을 구할 것이다. 한국을 차지할 야심을 품고 있으면서 우리 한국인이 일본에 협력하기를 기대해서는 안 되는 법이다.**

1909년, 안창호는 이토 히로부미를 만났다. 안창호는 30대 초반의 청년, 이토 히로부미는 60대 후반의 노인이었다. 사회적 지위 또한 현저하게 달랐다. 안창호는 젊은 지도자 중 한 명에 불과했고 이토 히로부미는 일본의 영웅이었다. 둘의 면담에서 분위기를 주도한 것은 안창호였다. 힘을 합쳐 동양의 영원한 평화를 세우자는 이토의 다분히 수사적인 말에 안창호는 일본의 그릇된 태도를 꼬집은 뒤 구체적으로 잘못을 하나하나 지적해 나간다. 죄 없이 감옥에 갇힌 사람들이 허다하고 연설회 등이 열리면 조직적 방해가 이뤄진다는 것 등등 안창호의 비판은 거침이 없다. 이토 히로부미는 대인배처럼 행동한다. 연설회는 허락하겠으며 죄 없이 갇힌 이들은 석방하겠다고 약속한다. 회담 후 이토 히로부미는 안창호는 옳은 사람이며 향후 높은 자리를 차지할 사람이라는 의견을 밝혔다고 한다. '연설회를 공식적으로 허락받은' 안창호가 며칠 뒤에 한 연설을 소개한다.

**대한의 남자들이여, 국가를 약하게 만드는 악습을 고치지 않으면 비록 오늘은 비단옷과 명주옷을 입고 있을지라도 내일은 등에 채찍이 내릴 것이다.**

**대한의 여자들이여, 사회를 부패하게 만드는 추한 행동을 버리지 않으면 비록 오늘은 얼굴에 분을 발랐어도 내일은 똥을 바를 것이다.**

## 21

## 안중근

**한국인이라면 국내에 있건, 국외에 살건, 남녀와 노소를 구별하지 않고, 모두 총을 메고 칼을 차고 의거를 일으켜야 한다.**

**이기건 지건, 잘 싸우건 못 싸우건 통쾌한 싸움이라도 치러야 전 세계와 우리 후손에게 부끄럽지 않으리라.**

**일본이 러시아, 중국, 미국과 전쟁을 하게 되는 때가 우리의 기회인데 그때가 와도 아무런 준비도 하지 않고 있으면 어떻게 되겠는가? 설사 일본이 패하더라도 한국은 또 다른 도둑의 손아귀로 들어갈 뿐.**

**하늘은 스스로 돕는 자를 돕는다는 말이 있다.**

**앉아서 죽을 날만 기다리는 게 옳을까, 온 힘을 모아 분발하는 것이 옳을까?**

1907년 블라디보스토크 청년회에 가입한 안중근은 각지를 돌아다니며 열정적으로 연설을 했다. 안중근의 목표인 의병 활동에 필요한 인력과 자금을 모으기 위해서였다. 함께 싸우자는 취지의 연설, 감정을 자극하는 그의 연설은 제법 효과적

이었던 것 같다. 자서전에 따르면 '많은 사람들이 자원해서 돈을 내거나 무기를 내놓거나 의병에 합류했다.'

## 22

### 안중근

**동포들이여! 부디 불화 두 자를 버리고 결합 두 자를 굳게 지키자.**

**우리의 국권을 회복한 날 태극기를 높이 들자,**

**모두 한자리에 모여서 한마음, 한뜻으로 대한독립 만세를 외치자.**

블라디보스토크에도 독립을 위한 조직이 있고 여러 활동이 있기는 했으나 망해 가는 나라 한국에서 온 안중근이 보기에 교민들은 '뿌리가 마르면 가지도 잎새도 마르는 법'이라는 자명한 사실을 별로 실감하지는 못하고 있었던 것 같다. 한반도의 동포들이 당한 굴욕을 자신들이 또 당하리라는 생각은 하지 않은 채 파벌 싸움에 몰두했던 것.

이에 안중근은 1908년 3월 21일, 유명한 「인심결합론」을 신문에 투고했다. 교만보다는 겸손을, 불화보다는 결합을 택하라는 문장에서 안중근의 애타는 마음이 저절로 드러난다.

## 23

### 김산

**한국인들은 유순하고 쉽게 체념하는 게 사실이다.**

**그러나 오래 참았던 사람들이 터뜨리는 분노보다 더 큰 분노는 없다.**

**유순한 소를 조심하기 바란다.**

한국에도 다녀온 바 있던 님 웨일즈는 첫 만남에서 한국인들이 유순하고 체념을 잘한다는, 조금은 김산을 도발하는 듯한 생각을 밝혔다. 아마도 김산의 입을 열기 위한 작가의 전략적 선택이었으리라. 김산은 님 웨일즈에게 동의를 표한다. 그러나 이어지는 그의 말은 동의와는 거리가 멀다.

**1910년 이후 한국인들이 일본인들과 싸우지 않고 지나간 날이 있을까? 단 하루도 없다. 지금은 여건이 많이 달라졌다. 한반도 내에서 직접 식민지 체제와 맞서 싸우기는 어렵게 되었다. 우리 한국인들이 만주에서 항일 투쟁을 벌이는 이유이다. 그 과정에서 수많은 투사들이 감옥에 갇히거나 목숨을 잃었다.**

**안타깝게도 감옥은 언제나 만원이다. 하지만 한국인들은 결코 체념하지 않는다. 때가 오기만을 기다리며 준비, 또 준비를 할 뿐이다.**

감옥은 만원이어도 결코 포기하거나 체념하지 않는다는 말이 인상적이다. 역사와 투쟁에 대한 김산의 굳은 신념은 인터뷰 곳곳에서 고개를 들고 모습을 드러낸다.

## 24

### 허위

**앉아서 망하기를 기다릴 것인가?**

**차라리 힘을 다하고 마음을 다해 계책을 세우자.**

**진군해서 이기면 원수를 보복하고 국토를 지킬 것이다.**

**불행히 죽게 되더라도 다 함께 죽자.**

허위는 명성황후가 시해당했던 을미사변 때 처음으로 의병을 일으켰다. 임금의 뜻을 하늘처럼 떠받드는 전통 유림답게 고종의 밀지를 받고 의병을 해산, 정부 관리로 일하던 허위는 한일의정서가 맺어졌다는 소식에 다시 의병을 일으켰다. 이 사건으로 4개월간 구금되었으나 그는 멈추지 않았고 을사늑약 후 재차 의병을 일으켰다. 허위는 의병들을 모아 서울로 진격하려는 과감한 계획까지 세웠다. 실제로 1908년 1월에는 삼백 명의 의병과 함께 동대문 밖 30리 지점까지 진격했다. 그러나 믿었던 동지의 배반으로 진격은 무산되었다. 허위는 체포되어 1908년 서대문교도소에서 사형을 당했다.

'고관이란 제 몸만 알고 나라는 모르는 법이지만 허위는 그렇지 않았다'는 안중근의 적절한 평처럼 허위는 멸망해 가는 조선의 몇 안 되는 진정한 선비이자 충신이었다. 남은 허위의 가족, 그리고 제자 박상진 또한 독립운동에 뛰어듦으로써 허위가 갔던 길을 그대로 따랐다.

## 25

### 안창호

**바로 오늘부터 우리나라를 괴롭히는 강국과 전쟁을 시작해 국권을 회복할 생각이다.**

**의아하게들 여길 것이다. 병력도 미약하고 군함과 대포도 부족한데 도대체 무엇을 가지고 싸울 생각이냐고.**

**러일 전쟁을 생각해 보기 바란다. 선전포고는 이삼 년 전의 일이나 개전 준비를 시작한 것은 38년 전이다. 일본은 개전을 준비한 지 38년 후에 결과를 얻었다.**

**우리도 이 사실을 깨닫고 오늘부터 맹세하고 전쟁을 준비해야 한다.**

1907년 안창호는 평안도 인사들이 주축이 되어 만들어진 서우학회의 기관지 『서우』에 독립전쟁을 위해 바로 지금부터 준비를 시작해야 한다고 주장하는 과격한 글을 발표한다. 안창호는 국민의 실력 양성을 늘 강조했던 사람이었다. 전 국민이 매일 조금씩이라도 쉬지 않고 실력을 양성하면 분명 독립을 이룰 수 있다고 믿었던 신념의 사람이 바로 안창호였다. 모두가 힘을 모아야 한다는 그의 생각은 임시정부 내무총장으로 부임하면서 한 연설에도 잘 나타난다.

**임시정부는 정신적 정부다. 장차 서울에 세울 정부의 그림자다. 우리 정부는 혁명당의 본부가 될 것이고, 삼천만 국민은 모두 당원이 되리라.**

## 26

## 안중근

**한 번 의거로써 성공할 수 있을까? 그러기는 어려운 법이다.**

**첫 번째에 이루지 못하면 두 번째에, 두 번째에 이루지 못하면, 세 번째에 이루면 된다. 열 번, 백 번을 실패해도 좌절할 필요가 없다.**

**올해 못 이루면 내년에, 내년에 못 이루면 내후년, 십 년, 백 년 후까지 가도 괜찮다.**

**우리 대에 못 이루어도 괜찮다. 우리의 아들, 손자가 있으므로.**

**우리는 다만 이 나라의 독립권을 회복한 후에야 이 일을 그만둘 것이다.**

1908년 안중근은 이범윤, 김두성과 '대한의군'이라는 이름의 의병을 조직한 후 참모중장을 맡았다. 직위는 대장급이었으나 실상 안중근의 권위는 사병의 수준이었다. 보통의 사람들이 일반적으로 중요하게 생각하는 '네 가지 권력 중 한 가지도 가지지 못했기 때문이다.' 네 가지는 바로 권력과 주먹과 관직과 나이였다.

아무 배경도 없는 자신을 좋지 않게 여기는 사람이 많다는 사실을 알면서도 혈기가 넘치는 안중근은 가만히 있지를 못했고 늘 앞장서 연설을 하곤 했다. 이 연설에 대한 반응도 그리 좋지는 못했다고 자서전에 적었다.

# 27

## 이동휘

**나는 평생을 자유와 독립을 위한 투쟁에 바쳤다.**
**젊은이들은 그 정신을 잊지 말고 이어 가야 할 의무가 있다.**

우여곡절 끝에(따로 설명할 것이다) 신흥무관학교의 삼 개월 단기 코스를 이수한 김산은 상하이로 갔다. 그곳에서 이동휘를 만났다.

이동휘는 그야말로 전설의 장군이었다. 함경도 단천 출신인 이동휘는 어떤 생을 살았나? 그는 군관학교를 졸업하고 강화 진위대를 이끌었다. 군대가 강제 해산되자 곧바로 의병 활동에 뛰어들어 신민회와 임시정부 등에서 일하며 일평생 독립운동에 매진했다.

어린 시절 김산에게 이동휘는 영웅이었다. 김산은 장군의 이름만 들어도 일본인들은 몸을 덜덜 떨며, 호랑이들도 장군은 피해 간다고 믿었다. 김산은 '만주와 시베리아 벌판을 누비며 부대를 이끄는 장군의 이야기를 나누느라 친구들과 나는 시간이 가는 줄도 몰랐다'고 고백한다.

이미 오십이 훌쩍 넘은 이동휘는 여전히 기골이 장대했고 멋진 콧수염은 그를 프랑스 사람처럼 보이게 했다. 이동휘는 김산 같은 젊은이들과 이야기 나누기를 좋아했다. 자신이 살아온 소설 같은 이야기들을 들려주며 그들의 마음을 사로잡았다. 이야기의 말미는 항상 같았다고 한다.

자신이 평생 해 온 자유와 독립을 위한 투쟁을 젊은이들이 반드시 이어받아야 할 의무가 있다고 이동휘는 힘을 주어 말했다고 한다.

이동휘. 양복을 착용하고 있는 모습. (독립기념관 제공)

## 28

## 안창호

**홍사단 운동이란 무엇인가? 특별한 동포 청년들을 특별한 방법으로 훈련 시켜서 독립 국가의 국민이 되기에 부족함이 없도록 만들자는 운동이다.**

**구체적으로 세 가지 목표가 있다. 첫째, 우리 동포들이 도덕적으로 무실역행하고 충의 용감한 사람이 되도록 하는 것. 둘째, 한 가지 과학을 전문으로 하거나 적어도 한 가지 기술을 익히게 하는 것. 셋째, 이런 사람들이 힘을 합쳐 우리 사회문화 향상에 공헌하게 하는 것.**

**우리 동포들이 다 이런 사람이 되면 일본의 힘이 아무리 커도 우리를 노예로 삼을 수 없다.**

안창호는 1913년 청년 수양 단체인 흥사단을 세웠다. 흥사단의 사는 문사와 무사를 아우르는 자, 진정한 애국자를 의미했다. 다시 말하면 진정한 애국자를 조직적으로 양성해 내기 위한 단체가 바로 흥사단이었다. 그렇기에 아무나 흥사단 단원이 될 수는 없었다. 그 사람이 누구든, 어떤 사회적 지위를 가졌든, 안창호가 만든 까다로운 입단 문답을 거쳐야 했다. 어떤 의미에서는 안창호보다 더 이름이 높았던 이광수 또한 안창호와의 입단 문답을 통과한 후에야 단원이 되었다.

## 29

## 안중근

**대한독립을 위해 투쟁하는 단체를 만들자. 함께하는 단체가 없으면 일을 끝까지 이루어 내기가 어려운 법이다.**

**나와 뜻이 같다면 손가락을 끊어 맹세를 하자.**

**독립이 이루어지는 그날까지 온몸을 바쳐 기어이 목적을 달성하자는 뜻이다.**

1909년 1월, 안중근은 열한 명의 동지와 단지 혈맹을 맺었다. 손가락을 자르고 흐르는 피로 맺은 약속이었다. 반대하는 이는 아무도 없었다. 그들은 왼손 약지를 끊은 후 그 피로 태극기에 대한독립 네 글자를 썼다. 붉은 글자가 완성되자 대한독립 만세를 세 번 부른 후 하늘과 땅을 향해 맹세했다.

## 30

## 의열단

**김원봉은 놀라운 열정을 지닌 사람이었다.**

**어떤 사람을 동지로 만들어야겠다는 결심이 서면 며칠을 두고 싸워서라도 모든 열정과 방법을 다해 뜻을 이뤘다.**

**그런 과정을 거쳤기에 동지들은 죽을 곳에 뛰어드는 것을 조금도 겁내지 않았다.**

의열단은 1919년 김원봉을 포함한 13명의 단원이 만든 무장 독립운동 단체였다. 신흥무관학교 출신인 김원봉은 일본과 정당하게 맞붙어 싸워 승리할 수 있다고 믿지 않았다. 군사력에 큰 차이가 있는 만큼 독립을 이루려면 상대의 약점을 노려 직접 타격을 주는 행동을 취해야 한다고 믿었다. 열혈지사를 규합해 적들에게 폭탄을 던져 싸워 나가는 것만이 이길 수 있는 유일한 방법이라고 믿었다. 의열단에 날개를 달아 준 것은 신채호의 「조선혁명선언」이었다.

'민중은 우리 혁명의 대본영이며 폭력은 우리 혁명의 유일한 무기'라고 주장한 신채호는 이상적 조선을 건설하기 위해서는 '민중과 손을 잡고 끊임없는 폭력과 암살과 파괴와 폭동으로써 강도 일본의 통치를 타도해야' 한다고 썼다.

의열단의 이름이 널리 알려지고 나석주, 김상옥 등이 의거 활동을 수행할 수 있었던 데에는 신채호의 역할이 적지 않았다. 널리 알려진 의열단의 격문은 신채호 문장의 실천적인 변형이라 할 수 있겠다.

**우리의 생활은 오직 자유를 위하는 싸움뿐이다.**

**오라, 모든 수단과 무기를 동원해 싸우자! 완전한 독립과 자유가 올 때까지 싸우자!**

**자유는 싸워야 온다!**

출감 후의 독립의열단원들 기념사진. (독립기념관 제공)

## 31

## 김원봉

**김원봉은 고전적인 유형의 테러리스트였다.**

**냉정하고 두려움을 모르면서도 개인주의적인 성향이 강했다. 그 같은 유형의 사람은 만나 본 적이 없었다.**

**그는 언제나 조용했고 운동도 하지 않았다. 말과 웃음이 없었으며 시간이 날 때마다 도서관에서 책을 읽었다. 투르게네프의 『아버지와 아들』을 좋아했으며 톨스토이를 사랑했다.**

김산이 말하는 김원봉은 투쟁밖에 모르는 무서운 사람일 것이라는 일반의 통념과는 사뭇 다르다. 김원봉은 조용하고 독서를 사랑하는 사람이었으며 '로맨틱한 용모를 지닌 대단히 잘생긴 사람'이기도 했다. 그러나 김산은 김원봉에게 두 개의 다른 개성이 존재한다고 말함으로써 그의 날카로운 인물 인식을 드러낸다.

**그는 친구들에게는 점잖고 친절했으나 언제든 지독히 잔인할 수 있는 사람이었다.**

조선의용대 선전 영상에 등장한 김원봉.

이런 성향의 사람이었기에 의열단 같은 무력 투쟁 단체를 이끌고 나갈 수 있었을 것이다.

## 32

### 안중근

**세상일은 왜 이토록 불공평할까?**

**이웃 나라를 강제로 빼앗고 사람의 목숨을 참혹하게 해치는 인간은 자랑스럽게 고개를 들고 날뛰고 다닌다.**

**어질고 약하며 죄 없는 인간들은 항상 곤경에 빠져 허우적거린다.**

1909년 10월 26일 안중근은 수수한 양복을 골라 입고 가슴에 총을 품은 후 하얼빈역으로 갔다. 서두른 탓에 시간이 많이 남았다. 찻집에서 차를 마시며 기다리니 오전 아홉 시경 이토 히로부미를 태운 특별열차가 도착했다. 군악대 소리가 울려 퍼졌다. 이토 히로부미가 기차에서 내린 것이 분명했다. 이토 히로부미를 향해 다가가면서 안중근은 세상의 불공평함에 대해 잠깐 생각했다. 길게 회의할 여유는 없었다. 두근거리는 마음을 다스리기 위해 며칠 전에 썼던 시의 마지막 부분을 떠올렸다.

**동포 동포여 속히 대업을 이룰지어다.**

**만세 만세여 대한독립이로다.**

**만세 만만세여 대한동포로다.**

한 남자의 얼굴이 눈에 들어왔다. 러시아 관리들 사이로 누런 얼굴에 흰 수염을 기른, 작달막한 체구의 노인이 걸어왔다. 늙은 도둑 이토 히로부미가 분명했다. 안중근은 총을 뽑은 후 신속히 네 발을 쏘았다. 세 발이 명중했다. 거사가 성공한 것이다. 정작 안중근은 이토 히로부미의 얼굴을 몰랐기에 자신이 쏜 사람이 이토 히로부미 본인이라는 사실을 확신하지는 못했다.

## 33

### 이회영

**땅이 없으면 어떻게 먹을 것인가?**

**나라가 없으면 어떻게 살 것인가?**

**내 한 몸이 죽으면 어느 산에 묻을 것이며 아이가 자라면 어느 집에 살 것인가?**

**나는 모른다고 말하지 마라.**

**내 재산을 내가 잊으면 남들이 빼앗아 가는 것은 당연할 터. 나는 죄가 없다고 말하지 마라.**

「경학사 취지서」의 일부다. 서간도에 정착한 이회영은 이동녕, 이상룡 등과 뜻을 모아 경학사를 설립했다. 경학사는 이주민들에게 농업 기술과 기초 교육을 가르치고 군사훈련을 시키기 위해 만들어진 조직으로 주경야독의 정신을 내세웠다. 경학사에서 군사 교육 부분을 특화해 만들어진 조직이 바로 신흥무관학교다.

'사랑하는 것은 한국이고 슬픈 것은 한민족이다'라는 명문장으로 시작하는 경학사 취지서는 이회영과 이동녕이 초안을 잡고 이상룡이 손을 본 것으로 알려져 있다.

## 34

## 김산

**그 자리에 주저앉아 엉엉 소리 내어 울었다. 과연 눈물은 효과만점이었다. 3개월짜리 과정에 입학하게 되었고 학비도 면제를 받았다.**

**수업이 시작되자 이번에는 이를 악물고 속으로 울어야만 했다. 학교의 수업은 새벽 네 시에 시작해 밤 아홉 시에 끝났다. 손에는 총을 들고 등에는 돌을 진 채 종일 산을 뛰어다녔다.**

**다른 학생들의 발걸음은 나보다는 가벼웠으리라. 그들은 이미 훈련을 많이 받았으니까. 따라다니느라 죽을힘을 다 써야만 했다.**

신흥무관학교에 입학하겠다는 일념으로 만주 칠백 리 길을 걸어서 도착한 김산에게 뜻밖의 소식이 앞을 가로막았다. 학교 방침에 따라 18세 이상만 입학할 수 있다는 것.

16세 소년은 눈물로 호소했고 그 눈물을 견딜 만큼 심장이 강한 어른은 없었다. 김산은 시험을 보게 되었다. 국사와 체력 시험을 통과하지 못했음에도 그는 입학 허가를 받았고 3개월 특별 과정을 이수하게 된다.

## 35

### 김창숙

**친일 부자의 머리를 독립문에 걸어라.**

**그러지 않는 한 우리 한국이 독립할 날은 결코 오지 않을 것이다.**

1925년 김창숙은 독립운동에 필요한 자금을 모으기 위해 한국으로 잠입했다. 인품과 행동력으로 명성이 높았던 데다가 유림 출신으로 인맥이 넓었음에도 생각보다 성과가 나지 않았다. 삼일운동의 열기는 이미 시든 지 오래였다. 일본의 통치는 어느새 당연한 것이 되어 있었다. 심지어 진주에 사는 어느 부자는 일본에 귀순하지 않겠느냐고 사람을 시켜 진지하게 물어보기까지 했다. 사안이 사안이었던 만큼 되도록 비밀스럽게 일을 진행하기 위해 집에도 들르지 않았던 김창숙이었다.

김창숙은 부자야말로 독립의 적임을 깨닫는다. 성경을 알았다면 부자가 천국에 가기는 낙타가 바늘구멍에 들어가기보다 더 어렵다는 비유를 분명 머리에 떠올렸을 것이다.

## 36

## 나석주

**나는 조국의 자유를 위해 싸웠다.**

**2천만 동포들이여, 분투하라.**

**쉬지 말고 투쟁하라.**

의열단원 나석주는 1926년 12월 28일 '민족의 고혈을 빨아먹는' 식산은행과 동양척식주식회사에 폭탄을 던졌다. 그러나 폭탄은 모두 불발이었다. 그 시기에는 불발탄이 많았지만 유독 중요한 의거 때마다 불발탄이 생겨난 것도 우연치곤 씁쓸한 우연이었다. 나석주는 지금의 을지로 2가에서 일본 경찰과 총격전을 벌이다 세상을 떠났다.

그가 두려움에 떨었을까? 그렇지 않다. 그는 목숨을 걸고 도주하는 와중에도 동포들을 향한 투쟁의 당부를 잊지 않았다.

## 37

### 나석주

**장하고 열렬하구나.**

**혈혈단신에 오직 총 한 자루만을 지니고 나아가 적들을 쏘아 죽이더니 정작 자신은 태연히 죽음으로 돌아가려 작정했다.**

**삼일운동 이후 결사대로 나서 순국한 이들은 많았다.**

**나석주처럼 과감하게 행동한 사람은 없었다.**

김창숙은 폭력을 선호하는 사람은 아니었으나 독립운동에 대한 열기가 지나치게 가라앉은 한국인의 가슴에 뜨거운 불을 붙이기 위해서는 무엇인가 비상한 수단이 필요하다고 생각했다. 김창숙은 유자명의 주선으로 나석주를 만나 거사 의향을 물었다. 대답은 명쾌했다.

**한 번 죽기로 결심했으니 어찌 즐거운 마음으로 가지 않겠습니까?**

김창숙은 준비한 무기와 자금을 건네며 그의 정신을 기렸다.

**그대의 의기와 용맹은 독립운동사의 빛나는 별이 될 것이오.**

나석주가 독립운동사의 찬란한 별임을 의심하는 이는 아무도 없을 것이다.

나석주.

## 38

### 윤세주

**생사적 운명의 판갈이다.**

**나가자 나가자 굳게 뭉치어**

**원수를 소탕하러 나가자.**

**총칼을 메고 결전의 길로**

**다 앞으로 동무들아.**

윤세주는 고향인 밀양에서 삼일운동을 주도한 후 중국으로 망명했다. 이후 그의 삶은 고향 친구 김원봉과 맥을 같이 한다. 김원봉과 함께 의열단 활동을 했고 조선의용대도 함께 했다. 1942년 5월 29일 윤세주는 중국 태항산에서 4천 명의 병력으로 일본군 40만 명과 맞서다가 부상을 입고 6월 2일 세상을 떠났다. 그의 유언은 '단결해서 적을 사살하라!'였다고 한다.

윤세주가 폴란드 민요에 가사를 붙여 만든 조선의용대 군가의 제목은 「최후의 결전」이다. 그 장엄한 제목에 하루하루를 최후의 날로 여기며 살았던 그의 생애가 모두 담겨 있다.

## 39

## 안창호

**안창호는 조용한 사람이어서 평소엔 말도 거의 하지 않았다. 행동 노선이 결정되고 나면 완전히 달라졌다.**

**그는 목소리를 높였고 모든 수단을 다 동원해 자신의 의사를 반드시 관철했다.**

안창호는 뛰어난 연설가이자 조직가이자 행동가였다. 날카로운 눈으로 판세를 살펴보다가 방향이 결정되면 뛰어들어 어떻게든 자신의 의사를 관철하는 사람이 바로 안창호였다. 세부 투쟁 방법에 있어서는 조금의 양보도 없었다.

김산은 상하이에서 안창호와 이광수가 편집 책임을 맡은 독립신문의 식자공으로 일했다. 김산의 고백이 재미있다.

**이광수로부터는 일시적인 영향을 받았지만 안창호로부터는 일생을 살면서 두 번째로 커다란 영향을 받았다.**

이광수를 깎아내린 게 아니라 안창호를 그만큼 존경했다

는 뜻이다.(어쩌면 이광수 노선의 모호함을 일찌감치 눈치챘을지도 모르겠다!) 김산은 흥사단에도 가입했다. 결론적으로 말하자면 안창호는 김산에게 정치와 행동이 무엇인지를 알려 준 인물이었다.

## 40

### 이회영

**이제 그대는 하인이 아니라 독립군이오.**

**앞으로도 하인 때처럼 행동하면 엄벌을 내릴 것이오.**

이회영과 함께 만주로 온 집안의 하인들 또한 독립군으로 활약했다. 그들 중 홍흥순이라는 이가 있었다. 홍흥순은 이회영을 볼 때마다 머리를 지나치게 깊이 숙여 인사를 했던 모양이다. 이회영은 그냥 넘어가지 않았다. 붙잡아 세워놓고 따끔하게 충고를 했다. 이제 당신은 하인이 아니라 독립군이라고. 독립군이면 독립군다운 사고와 행동을 해야 한다고. 홍흥순은 물러나면서 이렇게 혼잣말을 했다고 한다.

**양반이 독립운동을 하니 상하와 귀천이 없어졌구나.**

이회영은 고국을 떠나면서 양반의 명예와 관습까지 함께 버리고 온 사람이었다.

## 41

## 안창호

**사람은 늘 몸과 마음을 깨끗이 해야 한다.**
**몸을 깨끗이 하고, 마음을 깨끗이 하고, 거처를 깨끗이 하자.**
**내 몸과 마음이 바뀌고 세상과 나라가 바뀌는 작은 비법이다.**

이광수는 안창호에 대한 글을 유독 많이 남겼다. 이광수에게 가장 인상적이었던 것은 안창호의 청결함이었다.

**안창호는 거처하는 곳이 어디가 되었든 항상 꽃을 심고 청소를 하고 그림과 휘장으로 장식을 했다. 감옥에 있을 때도 걸레질 잘하고 방 잘 치우기로 소문이 났다. 어느 산장을 빌려 몸을 돌볼 때의 일이다. 그는 이 주 동안 풀을 베고, 나무를 정리하고, 돌을 고르고, 길을 내고, 목욕탕과 빨래터를 만들었다. 주인이 자기 산장을 알아보지 못할 정도였다.**

어디에 있건 마음과 몸을 깨끗이 하는 것이 안창호의 신조였다. 안창호는 집 안을 깨끗하게 정리하는 게 자신의 특기라고 자랑삼아 말하곤 했다고 한다. 생활의 작은 부분부터 바꾸려고 노력하는 것, 매일매일의 노력을 통해 환경을 바꾸려고 노력하는 것, 독립운동도 결국은 마찬가지인 것, 그의 점진 철학과도 일맥상통하는 부분이다.

## 42

## 김창숙

**민족을 배반한 반역자의 개소리가 담긴 이 흉악한 책을 내가 읽을 것 같소?**

**일찍이 기미 독립선언문이 남선의 손에서 나왔다.**

**그런 사람이 일본에 붙어 역적이 되었으니 만 번 죽어도 오히려 죄가 더 남을 것이다.**

국내외를 넘나들며 독립운동을 하던 김창숙은 1927년 5월 11일, 영국인이 운영하는 상하이의 어느 병원에 입원했다가 일본 경찰에 체포되었다. 동포로 믿었던 유세백 등이 밀고를 했기 때문이다. 주위에서 유세백을 조심하라고 경고를 했으나 김창숙은 동포가 그럴 리 없다면서 믿음을 보였다가 화를 당한 것이다.

김창숙이 감옥에서 고초를 겪고 있던 어느 날 간수가 책 한 권을 내밀며 감상문을 쓰라고 했다. 최남선의 『일선융화론』이었다. 일본과 조선은 혈통이 같으며 문화 계통도 동일하다는 견해를 담은 책이었다. 일본의 주장도 조금도 다르지 않은 책이었다. 이광수, 홍명희와 함께 조선의 3대 천재로 불리던 최남선이었다. 독립선언문을 작성해 2년 8개월 동안 옥고를 치렀던 최남선이었다. 그의 변절은 김창숙으로서는 받아들이기 힘든 일이었을 것이다.

김창숙은 책을 찢어 간수에게 던지고 최남선을 욕했다. 자제했으면 좋았을 그 행동 하나 때문에 감옥살이는 두세 배 더 힘들어졌다. 그렇다고 모르는 채 넘어가는 건 김창숙다운 모습이 아니었다.

## 43

### 안창호

**점진 점진 점진 기쁜 마음과**

**점진 점진 점진 기쁜 노래로**

**학과를 전무하되 낙심 말고**

**하겠다 하세 우리의 직무를 다.**

안창호는 국내외에 세 개의 학교를 세웠다. 그 시작이 바로 22세의 젊은 나이에 고향에 세운 점진학교였다. 점진은 조금씩 조금씩 앞으로 나아가되 서두르지 말고 쉬지도 말라는 의미이다. 안창호가 평생 가슴에 담았던 행동 규칙이다. 안창호 본인이 직접 지은 교가에 학교를 설립한 이유가 잘 드러난다.

# 44

## 박상진

**지식이 있는 자는 서로 충정을 알리고 음으로 단결하여 본회가 의로운 깃발을 동쪽으로 향할 때를 기다려라.**

**재물이 있는 자는 자신들의 의무를 다하고 미리 돈을 마련해 본회의 요구에 응하라.**

**나라는 반드시 되찾을 것이고, 적은 멸망할 것이며, 공적은 길이 남으리라.**

의병장 허위의 제자 박상진은 앞날이 보장된 판사를 그만두고 비밀결사조직인 대한광복회를 세워 총사령이 되었다. 일제를 몰아내고 국권을 회복하는 것이 조직의 궁극적인 목표였다. 해외 독립군 양성에도 중점이 두었으나 그 일들을 이루기 위해 단기적으로 해결해야 할 가장 시급한 문제는 바로 자금난이었다. 대한광복회는 전국의 부자들에게 국권 회복 운동에 동참할 것을 권유하고 의연금을 모집하는 활동을 펼쳤다. 세상 돌아가는 일에 빠삭하고 돈을 생명처럼 귀하게 여기는 부자들이 자발적으로 협조할 리 만무했기에 암살로 본

보기를 보이고자 했다.

칠곡 갑부 장승원이 첫 번째 대상이었다. 박상진이 장승원을 고른 데에는 이유가 있었다. 허위와 장승원은 예전부터 잘 알고 지내는 사이였다. 장승원이 경상도 관찰사가 되도록 도왔던 이도 그즈음 중앙 관직에 있었던 허위였다. 장승원이 돈으로 은혜를 갚으려고 하자 허위는 거절하면서 훗날 자금이 필요하면 도와 달라고 부탁했다. 장승원은 약속을 지키지 않았다. 허위가 사형을 당하고 허위의 가족들이 중국으로 망명했다. 장승원은 거부가 되어 편안한 삶을 누리고 있었다. 대한광복회는 장승원을 암살한 후 다음과 같은 글을 남겼다.

**너의 큰 죄를 꾸짖고 우리 동포에게 경고를 남긴다.**

## 45

## 주기철

**선지자 예레미야는 조국 유다가 망하는 것을 보면서 눈물 흘리고 회개하라고 목청이 터져라 외쳤다.**

**우리의 목사님들은 왜 그렇게 하지 않는가?**

**일본의 태평성대를 찬양하며 뜨거운 눈물 대신 입바른 아첨으로 이 사악한 시대와 어두운 현실을 외면만 하는 이유가 도대체 무엇인가?**

우상 참배에 민감한 기독교이니만큼 신사참배를 당연히 거절했으리라 생각하겠지만 현실은 전혀 그렇지 않았다. 예나 지금이나 최대 교파인 장로교는 신사참배가 종교적인 신앙 문제도 아니며, 기독교 교리에 위배되는 것도 아니라는, 종교에 대한 상식을 가진 이로서는 이해하기 어려운 난해한 성명을 내기도 했다.

평양 산정현교회의 목사 주기철은 장로교 목사로서는 드물게 공개적으로 신사참배 반대를 선언해 일본 경찰의 감시 대상에 오른다. 그러나 주기철은 설교 시간을 이용해 의에 살고 의에 죽게 해 달라는 등의 '불순한' 기도 제목을 늘어놓는 등 저항 의지를 멈추지 않았다. 이 일로 주기철은 감옥에 갇혔다. 장로교 평양노회는 주기철을 파면했고 교회는 폐쇄됐다. 주기철은 결국 감옥에서 세상을 떠났다.

소설가 그레이엄 그린이 쓴 「축복」이라는 단편소설에는 살생 무기인 탱크에 축복을 하는 대주교 이야기가 나온다. 종교란 도대체 무엇인가, 다시 생각하지 않을 수 없다.

주기철.

## 46

### 홍범도

**잘못을 저지르지 않는 사람은 없다.**

**잘못을 깨닫지 못하는 것, 그것이 가장 큰 잘못이다.**

포수 출신이었던 홍범도는 의병 운동에 뛰어들어 봉오동 전투와 청산리 전투에서 승리하는 영웅적인 성과를 올렸다. 그는 학식이 뛰어난 사람은 아니었다. 한문도 잘 몰랐고 한글도 겨우 알았다. 하지만 병법은 천성이었고 사람을 잘 다루었다. 부하들에게서 '하느님과 같은 숭배를 받았던' 그의 말년은 비참했다. 소련에 의해 강제로 중앙아시아로 추방된 홍범도는 카자흐스탄에서 극장 수위로 일하다가 세상을 떠났다.

홍범도. 사진 속의 홍범도는 모자와 외투를 착용하고 있고, 허리띠와 가슴띠를 두르고 있다. 오른쪽 허리춤에는 권총집으로 추정되는 것을 착용하고 있다. 사진의 하단에는 러시아어로 홍범도의 이름(XOH HEM-д о.)이 기재되어 있다. (독립기념관 제공)

## 47

### 안창호

**작은 일이지만 나는 너를 용서할 수 없다.**

**이런 마음을 먹은 상태 그대로 자란다면 나중에는 어떤 못된 짓을 저지르겠는가?**

안창호는 1908년 9월 평양에 점진학교에 이은 두 번째 학교인 대성학교를 세웠다. 국권 회복에 필요한 인재 양성을 목표로 한 학교였던 만큼 애국과 인격을 특별히 강조했다. 이미 언급했듯 안창호는 사소한 행동 하나하나에 그 사람의 인격이 드러난다고 보았다. 화장실에서 볼일을 똑바로 볼 것, 걸을 때 입을 벌리지 말 것, 같은 꼬집어 말하지 않아도 큰 지장이 없어 보이는 사소한 행동들을 손가락을 들어 일일이 지적한 이유였다. 안창호가 가장 싫어한 것이 바로 거짓말이었다. 결석 증명서를 위조한 학생은 정학이라는 단호한 처분을 받았다.

## 48

### 김상옥

**팔뚝의 힘을 똑바로 가져야 유사시에 왜놈과 싸울 수가 있는 법이다.**

의열단원 김상옥은 1923년 1월 종로경찰서에 폭탄을 던지는 의거를 일으켰고 이후 일본 경찰과 총격전을 벌이다가 세상을 떠났다. 김상옥은 무술 실력도 뛰어났다. 조선인 여학생을 괴롭히는 기마 경찰을 맨손으로 때려눕혔다는 전설적인 일화도 전해진다.

어느 날 조소앙은 김상옥이 신문지를 쌓아 놓고 주먹으로 치는 광경을 보았다. 당연한 걸 왜 묻느냐는 식의 대답이 재미있다. 조소앙은 상하이 임시정부의 거물이었지만 김상옥의 대답에서 합당한 존경심을 찾기는 어렵다. 김상옥의 훈련이 어찌나 강도가 높았던지 이틀을 치면 신문지는 이내 풀솜처럼 흐물흐물하게 변해 버렸다고 한다.

조소앙은 그 일 이후 김상옥을 눈여겨보게 되었던 모양이다. 김상옥을 국내로 파견한 사람이 바로 조소앙이었다.

## 49

### 유인석

**나라가 망할 위기에 처했다.**

**거적자리를 깔고 방패를 베개 삼아 물불을 가리지 말고 싸우자.**

**아무리 어렵고 위태한 곳이라도 목숨을 걸고 뛰어들어 망해 가는 나라와 천하의 올바른 뜻을 다시 일으켜, 하늘의 태양이 온전하게 세상을 밝히도록 하자.**

**한 나라를 위하는 일만이 아니라 온 천하와 후세에 전할 수 있는 자랑스러운 업적이 되리라.**

위청척사파의 거두 이항로의 제자였던 유인석은 나라가 어지러워지자 분연히 자리에서 일어났다. 을미사변 후 제일 먼저 의병을 일으킨 이가 바로 유인석이었다. 이후 전국에서 수많은 의병들이 유인석의 뒤를 따랐다. 고종은 밀지를 보내 유인석의 의병 활동을 격려하기도 했다. 위정척사파 유림들의 사고가 시대의 흐름을 따라잡지 못했던 것은 사실이었다. 그러나 적어도 그들 중 일부는 나라의 위기를 눈으로 보며 한탄 세월을 보내지는 않았다.

## 50

## 안중근

**명성황후를 시해한 죄, 황제를 폐위시킨 죄, 조약을 강제로 체결한 죄, 무고한 한국인을 학살한 죄, 강제로 정권을 빼앗은 죄, 철도, 광산, 산림 등을 약탈한 죄, 제일은행권 지폐를 발행해 사용한 죄, 군대를 해산시킨 죄, 교육을 방해하고 신문을 금지한 죄, 한국인의 외국 유학을 막은 죄, 교과서를 압수하여 불태워 버린 죄, 한국인이 일본인의 보호를 원한다고 세계에 거짓말을 퍼뜨린 죄, 한국과 일본 사이의 분쟁을 천황에게 거짓 보고한 죄, 동양의 평화를 깨뜨린 죄, 일본 현 천황의 아버지 고메이 선제를 죽인 죄.**

러시아 헌병대는 현장에서 체포한 안중근을 일본 영사관에 넘겼다. 미초부치 검찰관이 이토 히로부미를 가해한 이유를 묻자 안중근은 그 자리에서 무려 15가지의 죄목을 밝힌다. 그의 이야기를 들은 감찰관은 의로운 목적에서 행한 일이었으므로 사형을 선고받는 일은 없을 거라 말했으나 우리 모두가 알고 있듯 이는 사실이 아니었다.

## 51

## 김창숙

**조국의 광복을 위해 이리저리 뛰어다닌 지 십 년**

**가정도 생명도 돌아본 적 없다.**

**평생 작은 일에 얽매인 적이 없는데**

**왜 이리 요란스럽게 고문을 하는 것인지?**

상하이에서 체포된 김창숙은 나가사키를 거쳐 대구로 압송되었다. 회유나 타협으로 심문을 시작하는 게 보통의 방식이었다. 그의 꼿꼿한 성격을 잘 알고 있던 일본 경찰은 처음부터 고문을 시도했다. 온몸의 뼈를 비트는 가혹한 고문으로도 김창숙의 마음을 바꿀 수는 없었다. 고문 중간 김창숙이 써 내려간 한시의 내용을 이해하지 못했던 일본인 과장은 설명을 들은 후 '고문으로는 지키는 바를 빼앗을 수 없겠구나' 하고 한탄했다고 한다. 이후 그는 김창숙을 선생이라고 불렀다.

52

## 안중근

**장부는 비록 죽음에 이를지라도 마음은 무쇠와 같다.**

**의사는 비록 위태로움에 이를지라도 기운은 구름과 같다.**

안중근은 감옥에서 붓글씨를 여러 점 남겼다. 우리 모두에게 가장 널리 알려진 문구가 하나 있다.

**하루라도 책을 읽지 않으면 입안에 가시가 돋는다.**

일본인 간수와 경찰과 검찰 관계자 중에는 안중근의 붓글씨를 원하는 이들이 많았다. 일본의 영웅이라 할 이토 히로부미를 죽이고 사형 판결을 받았음에도 안중근을 깊이 존경했던 그들은 여러모로 편의를 봐주었다. 안중근은 붓글씨를 써서 선물함으로써 고마움을 표했다. 안중근은 일본이라는 나라를 미워했지 개인으로서의 일본인은 미워하지 않았다. 안중근의 마음에 화답하듯 시를 남긴 일본 시인이 있다. 단가 작가로 유명한 이시카와 다쿠보쿠의 「코코아 한 스푼」은 다음과 같이 시작한다.

**나는 아네, 테러리스트의**

**슬픈 마음을**

**말과 행동을 나눌 수 없는**

**단 하나의 마음을,**

**빼앗겨 버린 말 대신에**

**행동으로 말하려는 마음을.**

"一日不讀書口中生荊棘" 일일부독서구중생형극,

하루라도 책을 읽지 않으면 입속에 가시가 돋는다.

一日不讀書口中生荊棘

庚戌二月 於旅順獄中 大韓國人 安重根 書

## 53

### 김산

**감옥에서 보낸 나날들은 내 표면의 거칠었던 모서리들을 단단한 형태로 바꾸는 역할을 담당했다.**

**절망으로 가득한 시대는 나를 인간답게 만들어 주었고, 인간에 대한 새로운 이해와 관용을 제공했다.**

**감옥을 거친 나는 학생도, 낭만주의자도, 당의 관료도 아니었다.**

**나는 한 명의 성숙한 인간이 되었다.**

김산은 중국과 한국의 감옥에 여러 차례 투옥되었다. 1931년 신의주 감옥에 수감되었을 때에는 여섯 차례나 물고문을 받아 폐결핵에 걸리기도 했다. 무죄로 석방된 후 중국으로 돌아가자 이번에는 일본에 굴복했다는 무고가 그를 기다리고 있었다. 육체와 정신이 피폐해질 수 있는 상황이었음에도 김산은 세상을 원망하지 않았다. 자신의 불운을 탓하지도 않았다.

원망은 삼키고 불운은 잊어버리기로 한 그는 감옥 생활이 자신을 더 현명한 인간으로 만들어 주었다고 여겼다.

## 54

## 안창호

**나는 도저히 통감부의 사냥개 노릇은 감당할 수 없다.**

**겉으로는 친일파처럼 보여도 속으로는 애국자인 셈이라고 당신은 말하지만 한 번 친일파라는 이름을 얻으면 죽은 후에도 친일파이고, 천추만대에 더러운 이름을 남기게 되는 것.**

**통감부가 원하는 바가 바로 그것이다. 친일파가 되어 저들 앞에서 일하거나, 그게 아니더라도 친일파가 되었다는 이름만 갖게 되는 상황.**

**대한의 애국자 안창호가 옥중에서 죽는 대신에 일본 사냥개 안창호라는 이름으로 구차하게 생명을 보전할 수는 없다.**

1909년 10월 26일 안중근 의거가 일어나자 안창호는 용산 헌병대에 수감되었다. 안창호의 생애를 살펴보면 어떤 사건이 일어날 때마다 배후 인물로 지목되어 체포되는 일이 반복되었음을 알게 된다. 일본 경찰이 그만큼 안창호를 두려운 인물로 여겼기 때문일 것이다. 체포될 때마다 회유 또한 반복되었다. 이번에는 최석하라는 이가 나타나 안창호를 회유했다.

교묘한 회유였다. 겉으로 협력하는 체만 하고 실제로는 하던 일을 계속하라는 것이었다. 안창호는 원하는 것만 이루면 된다고 믿는 실용주의자가 아니었다. 그는 그들이 원하는 바를 깨닫고 단호하게 거절했다.

## 55

### 박열

**내 육체는 당신들 마음대로 죽일 수 있겠지만 내 정신이야 어찌 그럴 수 있겠는가?**

영화의 주인공으로 유명해진 인물 박열은 일본에서 무정부주의 단체 흑도회를 조직해 활동하다가 천황 암살 모의 혐의로 체포되어 사형선고를 받았다. 재판 과정 내내 박열은 조금도 비열한 모습을 보이지 않았고 판결 후에는 오히려 재판장에게 수고했다는 말, 아니 실은 재판이 별 의미가 없었다는 말을 건넸다. 연인 가네코 후미코는 안타깝게도 감옥에서 자살했다. 박열은 22년 2개월 동안 수감 생활을 하다 해방과 함께 석방되었다. 그 기나긴 세월 동안 그의 정신은 쇠처럼 단단해졌을 것이다. 그는 김구의 부탁으로 윤봉길, 이봉창, 백정기의 유해 송환 임무를 맡기도 했다.

박열과 가네코 후미코.

## 56

### 안중근

**지사가 되어 국가에 생명을 바치는 것은 당연히 해야 할 도리인 법, 지사들에게 험한 대우를 하는 걸 보고 그냥 있을 수 없다. 우리를 대신의 격에 어울리게 대우해 주기 바란다.**

일본군에 둘러싸이다시피 한 상태로 하얼빈에서 다롄으로 수송되는 도중에도 안중근은 조금도 동요하지 않았다. '미친 한 순사들은 내 몸에 손대지 말라'는 말로 기를 죽인 후 자신은 한 나라의 지사로서 적법한 행동을 했으므로 대신의 대우를 해 달라고 요구했다.

## 57

### 김창숙

**나는 대한 사람이므로 일본의 법률을 부인한다. 그러므로 일본 법률에 따라 변호하는 자에게 일을 맡긴다면 이는 크나큰 모순이 아닐 수 없다.**

**나는 포로다. 포로가 되어 구차하게 살고자 하는 건 치욕이다. 내 지조를 바꾸어 변호를 받으며 구차하게 살고 싶지는 않다.**

김창숙은 변호사 선임을 거절했다. 변호사에게 의지하는 자체가 일본이라는 나라의 체제를 인정하는 행동이라 믿었기 때문이다. 예심 판사 하세가와가 감방으로 찾아와 비아냥거리듯 물었다고 한다. 독립운동을 하는 건 장한 일입니다. 다만 조선이 도대체 무슨 힘으로 독립을 하겠습니까?

김창숙의 대답이 재미있다.

**일본인들은 눈구멍이 작아 천하의 대세를 바로 못 보고 있소. 망령되게 행동하는 이유라오. 두고 보시오, 그대들은 반드시 패망할 테니.**

재판에 크게 불리할 것이라고 변호사가 염려를 드러냈던 모양이다. 김창숙의 대답은 간단했다. 변호사가 걱정할 일이 아니라는 것이었다.

**나는 일찍부터 살고 죽는 건 염두에도 두지 않았다.**

김창숙은 해방 후 성균관대학을 설립해 초대 학장에 올랐다. 유교에 뿌리를 둔 성균관대학 학장에 김창숙보다 더 잘 어울리는 인물은 찾기 어려웠을 것이다.

## 58

## 윤세주

**우리의 첫 번째 계획은 불행히도 파괴되었고, 무수한 동지들이 체포되어 처벌받게 되었다.**

**희망이 있으니 아직 체포되지 않은 우리 동지들은 많고도 많다.**

**우리가 반드시 강도 왜적을 섬멸하고 최후 목적을 이룰 날이 조만간 다가올 것이다.**

의열단원 윤세주는 1920년 폭탄을 지니고 국내에 잠입했다가 체포되었다. 내내 의연했던 윤세주는 법정에서도 전혀 기세가 꺾이지 않았다. 윤세주는 체격도 호리호리한 데다가 화도 거의 내지 않는, 전형적인 선비 같은 사람이었지만 임무를 수행할 때면 전혀 다른 사람이 되었다.

윤세주는 7년의 옥고를 치른 후 고향인 밀양에서 청년운동을 하다가 다시 중국으로 향했고 태항산에서 죽던 그날까지 무장 투쟁에 평생을 바쳤다.

## 59

## 강우규

**하늘이 나에게 기회를 주었으므로 내 할 일을 한 것뿐이다.**

강우규는 1919년 9월 2일, 조선 총독으로 부임하던 사이토 마코토에게 폭탄을 던졌다. 30여 명의 일본인들이 사망했으나 총독은 목숨을 건졌다. 보름 뒤 일본 경찰이 폭탄 투척자를 체포했다고 밝히자 많은 이들이 깜짝 놀랐다. 범인으로 지목된 강우규는 65세의 노인이었기 때문이다. 그러나 강우규는 기력 없는 노인은 결코 아니었다. 강우규와 재판장의 대화를 잠깐 살펴보자.

**재판장 : 한일병합을 싫어하는 이유는 무엇인가?**

**강우규 : 금수강산 삼천리가 일본으로 변했고, 한국인은 일본의 지배를 받게 되었소, 그러니 무슨 좋은 일이 있으며 무슨 재미가 있겠는가?**

**재판장 : 독립운동은 언제부터 했는가?**

**강우규 : 십 년, 그러니까 한일 강제병합 이후 오늘까지 주야**

**로 24시간 한시도 잊어버린 적이 없소.**

**재판장 : 총독을 죽이려던 이유는 무엇인가?**

**강우규 : 그는 하나님의 계명 중 이웃을 사랑하라, 남의 것을 탐내지 말라는 계명을 어긴 자이오. 만국의 공법을 어지럽게 만들었으며, 민족자결주의를 멸시하고 세계 여론을 경멸하는 죄까지 저질렀으니 어쩔 수 없이 죽이려던 것이오.**

강우규의 논리적인 항변은 일본인 재판장에게는 전혀 통하지 않았다. 재판장은 그에게 사형을 선고했다.

강우규.

## 60

## 김창숙

**너희에게 절하지 않는 것은 독립정신을 고수하기 위함이다.**
**내가 너희에게 경의를 표해야 할 이유가 무엇인가?**

대전교도소에 수감된 김창숙은 예의 꼿꼿함을 발휘해 간수들에게 절을 하지 않았다. 같은 교도소에 있었던 안창호와 비교가 되었다. 안창호는 감옥의 규칙을 철저하게 준수해 간수들의 호감을 샀던 반면 김창숙은 규칙이라는 규칙은 전혀 지키지 않아 온갖 미움은 다 받았다.

누가 옳고 누가 그른지를 따지자는 것은 아니다. 다만 안창호는 가석방의 혜택을 입었지만 김창숙은 사상범임에도 잡범들과 함께 감옥 생활을 해야 했다는 것뿐.

## 61

### 이재명

**너는 흉할 흉 자만 알고 의로울 의 자는 모르느냐?**

**나는 매국노를 죽이는 의로운 행동을 했다.**

이재명은 1909년 12월 22일 단도로 이완용의 허리와 어깨 등을 찌르다가 일본 경찰에 잡혔다. 재판을 받던 이재명은 판사가 자신의 칼을 가리키며 흉행에 쓰인 그 칼이냐고 묻자 자신은 흉이 아니라 의의 행동을 한 것이라고 반박했다. 언제부터 일을 계획했느냐고 묻자 을사늑약이 체결된 순간부터라고 대답했다. 피고의 일에 동의한 사람이 누구인가라고 묻자 이천만 민족이라는 대답으로 방청객의 환호를 끌어냈다. 이재명은 다음 해에 사형을 당했다. 죽는 것은 조금도 아깝지 않으나 이루지 못한 일은 죽어서라도 기어코 설욕하겠다는 그의 최후 발언은 결사 항전을 드러내는 유언이나 다름없었다.

## 62

### 김지섭

**우리 조선인은 굶어서 죽으며 맞아서 죽는다.**

**나 홀로 적국에 들어와 사형을 선고받다니, 진실로 넘치는 영광이다.**

의열단원 김지섭은 1924년 1월 5일 황궁의 이중교(니주바시)에 폭탄을 던진 후 체포되었다. 이후 재판정에서 일관되게 일본의 행적을 비판하며 자신의 행동을 의거라고 주장했던 김지섭은 무죄 아니면 사형을 선고하라고 요구했다. 무기징역을 선고받고 지바교도소에서 복역하던 김지섭은 옥중에서도 단식 투쟁을 벌이는 등 감옥에서 세상을 떠나던 그날까지 저항 의지를 조금도 접지 않았다. 거사를 위해 일본으로 떠나던 배 안에서 지은 문장의 마지막을 인용한다.

**평생 뜻한 바 갈 길을 정했으니, 고향을 향하는 길 다시는 묻지 않겠다.**

김지섭이 상해에서 가족에게 보낸 최후의 인물 독사진. (독립기념관 제공)

## 63

### 송학선

**나는 그 어떤 주의자도 사상가도 아니다. 나는 아무것도 모르는 무식한 사람이다.**

**그러나 우리나라를 강탈하고 우리 민족을 압박하는 놈들은 백번 죽어 마땅하다는 사실, 그거 하나는 아주 잘 안다.**

1926년 4월 28일 송학선은 창덕궁에서 일본인 세 명을 찌른 혐의로 체포되었다. 일본인들은 사망했으나 송학선이 죽이기 원했던 사이토 총독은 아니었다. 주의자도 사상가도 아니라는 송학선이 아는 단 하나의 사실은 남의 나라를 강탈한 이들은 죽어 마땅하다는 것이었다.

송학선에게 독립운동은 결의를 품고 해야 하는 것이 아니라 우리나라 사람이라면 마땅히 수행해야 할, 그저 밥 먹고 숨쉬듯 당연한 일이었다.

## 64

### 강우규

**이미 망한 나라는 나라라고 할 수 없다? 이제는 일본의 인민이기 때문에 일본에 충성을 다하는 것이 옳다? 재판장의 말은 어린애에게나 할 말이지 성장한 어른에게는 해서는 안 되는 것이다.**

**조국을 위해 거사를 일으킨 사람이 어디 나 하나뿐인가?**

**서양의 워싱턴, 비스마르크, 나폴레옹 같은 인물이 있고 동양에서도 이토 히로부미 같은 인물이 있으니 그는 조국을 위해 고심하고 경영한 인물이다.**

**재판장의 말처럼 나라가 어렵다고 자기 나라를 위해 일하지 않고 적국에 복종했다면 그 나라의 인민은 적의 노예가 되었을 것이며 그 국가들은 지금처럼 세계 일등 국가가 될 수 없었을 것이다.**

사형을 선고받은 강우규는 자신의 손으로 직접 상고문을 썼다. 강유규는 자신의 행동은 워싱턴, 비스마르크, 나폴레옹, 그리고 일본인들의 영웅 이토 히로부미(전략적으로 동원했으리라)처럼 조국을 위해 한 일이라고 밝힌다. 항변은 이번에도 먹혀들지 않았다. 재판장의 선고는 여전히 사형이었다.

## 65

## 안중근

**사나이 뜻을 품고 나라를 떠났다.**

**큰일을 못 이루니 몸 두기도 어렵다.**

**우리 함께 죽기를 맹세하고**

**의리 없는 귀신으로 살아남지는 말자.**

1908년 6월, 안중근이 이끄는 대한의군 의병은 큰 뜻을 품고 두만강을 건넜다. 성과가 전혀 없지는 않았다. 경흥에서 일본군 50명을 사살하는 전과를 올렸다. 그러나 성공이라고 표현하기엔 조금 민망했고 잘 훈련된 일본군에 정면으로 맞서기는 불가능한 상태였다. 결국 일본군에게 기습 공격을 당했고 그 공격 한 번으로 의병 조직은 궤멸 상태에 이르렀다. 살아남은 이들은 앞날을 걱정해야 하는 처지가 되었다. 그들은 모여서 향후의 대책을 의논했다.

우울한 의견이 대부분이었다. 스스로 목숨을 끊거나 차라리 일본군에게 투항하자는 의견도 있었다. 이에 안중근은 시 한 수를 읊은 후 끝까지 싸우겠다는 자신의 견해를 밝힌다. 어쩌면 안중근에게는 이때가 죽음의 그림자가 턱 밑까지 다가 왔다고 처음 느꼈던 때였을 것이다.

## 66

### 이상설

**조국의 독립을 이루지 못하고 죽으니 어찌 죽은 영혼인들 감히 고국 땅을 밟겠는가?**

**화장한 후 재를 시베리아 벌판에 날려라.**

**독립이 오기 전에는 제사도 지내지 마라.**

을사늑약 후 이상설은 국권 회복 운동을 벌이는 한편 해외 독립군 기지 설립에 많은 노력을 기울였다. 인품과 실력으로 볼 때 임시정부의 대통령으로 추대될 가능성이 무척 높았던 이상설은 병에 시달리다 1917년 러시아의 니콜리스크에서 세상을 떠났다. 조국의 독립을 이루는 데 실패했다고 여긴 그는 자신의 유해를 조국으로 옮겨가는 것을 허락하지 않았다. 안중근과 이상룡 또한 비슷한 유언을 남겼다. 유족들은 그의 당부대로 해방 이후에야 비로소 제사를 지냈다고 한다.

# 67

## 안중근

**나는 분명 감옥에서 죽게 될 것이다.**

**내 시체는 고국으로 가져가지 말고 하얼빈 공원에 매장해라.**

**나라 잃고 사는 이들이 나를 보고 각성해야 하리라.**

사형을 앞둔 안중근은 자신을 찾아온 두 동생 정근, 공근에게 시체를 고국 땅이 아닌 하얼빈 공원에 매장해 달라는 부탁을 했다. 죽은 후에도 대한독립을 생각하는 그의 뜻을 읽을 수 있다. '대한독립의 소리가 천국에 들려오면 춤을 추며 만세를 부를 것'이라는 그의 유언을 떠올리게 한다.

## 68

### 의열단

**상하이에서 나는 무정부주의를 신봉하는 의열단에 들어갔다. 뭐랄까, 의열단원들은 특별한 종교 집단의 신도처럼 하루하루를 보냈다.**

**사격 연습은 기본이었고 수영과 테니스 등을 하면서 최고의 상태를 유지해 나갔다. 독서와 오락 활동도 빼놓지 않았다. 우울해지지 않도록 늘 주의했고 특별한 임무에 어울리는 긴장된 심리 상태를 유지하기 위해 노력했다.**

**의열단원들의 생활은 명랑함과 심각함의 이종 결합이었다. 늘 죽음을 생각해야 하는 삶이었기에 살아 있는 한 즐겁게 생활하자는 뜻이었으리라.**

**단원들은 외모에도 신경을 썼다. 몸에 잘 맞는 양복을 입었고 머리는 깔끔하게 다듬었으며 사진 찍기를 좋아했다.**

**늘 마지막 사진으로 여기는 것이 다른 이들과 다른 점이었다.**

결사 항전의 상징인 의열단원들이 외모에 신경을 많이 썼다는 사실이 의외일 수 있겠다. 겉모습을 중시해서가 아니다.

임무 완수에만 집중하려는 그들만의 방법이었다. 어떤 면에서 그들은 이미 죽은 사람들이나 마찬가지였다. 그렇다고 절망에 빠져 있거나 의욕을 잃어버리면 임무 수행에 문제가 생기게 된다.

언제 죽을지 모르는 사람들이면서도 영원히 젊음을 누릴 사람들처럼 행동하는 것, 그럼으로써 오히려 목표에만 집중하는 힘을 얻는 것, 조국에 목숨을 바치기로 결심한 이들의 거룩하면서도 가슴 아픈 모순이었다.

## 69

### 이회영

**인간으로 세상에 태어났으면 누구나 바라는 목적이 있기 마련이다. 그 목적을 달성한다면 그보다 행복한 일은 또 없을 것이다.**

**그 목적을 달성하지 못한다고 해도 나쁠 것은 없다. 끝까지 노력하며 살다가 죽는다면 그 또한 행복이다.**

**그러므로 죽을 곳을 찾는 것은 예부터 크나큰 행복으로 여겨졌다.**

노년에 베이징에 머물던 이회영은 제2의 고향 만주로 돌아가 항일 투쟁을 벌이는 것으로 생의 마지막 불꽃을 불사르기 원했다. 무주공산에 가까웠던 전과는 달리 이제는 일본인의 땅이 된 만주는 활동하기엔 무척 위험한 곳이 되었다고 만류하는 동지와 가족에게 이회영은 목적을 달성하기 위해 노력하는 삶이야말로 가장 행복한 삶이라고 말한다. 죽음을 초월한 대답에 그 누구도 그를 만류할 수는 없었다.

이회영은 만주로 떠났고 배를 타고 대련에 도착하자마자

일본 경찰에 잡혀 고문을 당한 끝에 세상을 떠났다. 일본 경찰은 자살로 발표했으나 이회영의 삶을 아는 이들 중 그 누구도 그 말을 믿지 않았다. 미망인 이은숙의 제문을 인용한다.

**일생 동안 광복 운동에 몸을 바치시고…… 일편단심으로 우리 조국, 우리 조국 하시고…… 무궁화꽃 속에 새 나라를 건설치 못하시고 중도에서 원통하게 돌아가시는 운명이 되시니 오호 통재라……**

## 70

### 신채호

**그대는 잘 갔네**

**항아리 속에 갇힌 하루살이처럼**

**뒤에 남아 죽는 사람들**

**이 부끄러움은 도대체 어찌해야 할까?**

또 한 명의 무정부주의자 신채호는 1928년 일본 경찰에 체포되었다. 뤼순 감옥에서 옥고를 치르던 그는 1936년 2월 21일 뇌일혈로 세상을 떠났다. 김창숙은 신채호를 잘 알았다. 상하이에서 독립운동 잡지 『천고』를 함께 발간했으며 분열된 임시정부에 대해 반대노선을 취하는 등 막역하게 지냈던 사이였다.

고문으로 앉은뱅이가 되었고 장남마저 감옥에서 잃었으면서도 도리어 부끄럽다고 말하는 그의 마음. 부끄러운 건 우리다.

## 71

### 강우규

**내가 죽는다고 조금도 가슴 아파하지 마라.**

**내 평생 나라를 위해 한 일이 아무것도 없음이 오히려 부끄럽다.**

**내가 자나 깨나 잊을 수 없는 건 우리 청년들의 교육이다.**

**내가 죽어서 청년들의 가슴에 조그마한 충격이라도 줄 수 있다면 그것이 바로 소원하는 일이다.**

사형을 선고받은 강우규는 마지막으로 아들과 만난 자리에서도 청년들을 걱정하며 다시 부끄러움이라는 단어를 사용한다. 50대 중반의 나이에 독립운동을 위해 국경을 넘었고 사비를 털어 만주 땅에 학교까지 세웠던 강우규였다. 육십을 훌쩍 넘은 나이는 그에게는 아무것도 아니었다.

그는 노인이 아니었다. 청년들보다 더 젊었던 사람이 바로 강우규였다.

## 72

### 안창호

**나에게는 죽음의 공포가 없다.**

**나는 죽지만 동포들은 여전히 괴로움을 당하고 있으니 미안하고 가슴이 아플 뿐.**

**일본은 반드시 패망한다. 자기 힘으로 감당하기 어려운 큰 전쟁을 시작했으니 반드시 패망한다.**

**어떤 곤란이 있더라도 참고 견디기 바란다.**

안창호는 1937년 6월 흥사단과 관련된 수양 동우회 사건으로 다시 체포되어 감옥에 수감되었다. 출옥한 지 2년 만의 일이었다. 그즈음 안창호의 몸은 이미 만신창이었다. 일곱 가지 병이 한꺼번에 닥쳤다는 그의 말대로 폐와 간과 위 등 내장이 모두 상한 상태였다. 간수들이 더럽다고 코를 가리고 피할 정도였다고 한다. 자신과 주변을 깨끗하게 정리하며 사는 것을 평생의 신조로 삼았던 안창호에게는 참기 힘든 시기였을 것이다. 안창호는 보석으로 경성제대부속병원에 입원했으나 1938년 3월 세상을 떠났다.

## 73

### 박상진

**다시 태어나기 힘든 이 세상에**

**다행히 대장부로 태어났다.**

**제대로 이룬 것도 없이 저세상에 가려니**

**청산이 조롱하고 녹수가 비웃는다.**

장승원을 처단한 박상진은 다음 대상으로 아산 도고면장 박용하를 골랐다. 비리로 점철된 인물이었고 대한광복회에서 보낸 편지를 경찰에 신고하는 용서할 수 없는 죄까지 저질렀다. 박용하의 처단은 신속하게 이루어졌다. 그런데 그 과정에서 대한광복회의 존재가 경찰에게 드러나고 말았다. 박상진을 비롯한 대한광복회의 주요 인물은 체포되었다. 박상진은 1921년 8월 13일 사형을 당했다. 죽는 그 순간 그의 걱정은 오직 하나, 조국의 청산과 녹수에 대한 미안함이었다.

그는 죽었으나 그가 일군 밭은 죽지 않았다. 조국의 적을 처단했던 그의 뜨거운 투쟁 정신은 의열단의 무력 투쟁에 커다란 영향을 미쳤다. 미안함은 그의 몫이 아니다.

## 74

### 김성숙

**젊은이들은 서로 내가 먼저 죽으러 국내에 들어가겠다는 자세였다. 폭탄을 들고 먼저 나가겠다고 주장했다.**

**나가겠다는 사람을 모두 내보낼 수는 없는 상황이었으니 나중에는 제비를 뽑기도 했다. 먼저 죽으러 가겠다고 제비까지 뽑는다?**

**지금 사람들은 도무지 상상할 수 없는 일이었다.**

의열단원으로 훗날 김원봉과 함께 조선의용대를 조직했던 김성숙의 회고다. 청년들이 먼저 죽겠다고 앞다투어 나섰다니, 그의 표현대로 매일매일의 사소한 일에 발목을 잡힌 채 그저 살아나가는 지금의 우리로서는 도저히 상상할 수 없는 일이었다.

## 75

## 김상옥

**내게 이불을 좀 주시오.**

**그것을 쓰고 탄환을 피해 몇 명 더 쏘아 죽이고 죽으려 하니.**

1923년 1월 12일 종로경찰서에 폭탄을 던졌던 김상옥은 열흘 동안 숨어 지냈다. 일본 경찰의 집요한 추격 끝에 은신처가 발각되었고 22일 새벽 효제동에서 최후의 총격전을 벌인다. 마지막까지 거세게 저항함으로써 일본 경찰을 두렵게 만들었다고는 해도 승패는 이미 결정 나 있는 것이나 마찬가지였다. 김상옥 한 명을 잡기 위해 400명 넘는 일본 경찰이 동원된 상황이었다.

쫓기고 또 쫓기던 김상옥은 어느 집에 들어가 이불을 달라고 부탁을 했다고 한다. 최후의 순간까지 그의 머릿속에 있던 것은 한 명의 적이라도 더 죽이자는 생각이었다.

1920년대에 촬영한 김상옥. (독립기념관 제공)

## 76

### 김상옥

**아침 일곱 시 찬바람, 눈 쌓인 벌판.**

**새로 지은 외딴집 세 채를 에워싸고**

**두 겹, 세 겹 늘어선 왜적의 경관들**

**우리의 의열 김상옥 의사를 노리네.**

**슬프다, 우리의 김 의사는 양손에**

**육혈포를 꽉 잡은 채 그만**

**아침 일곱 시 제비 길을 떠났더이다.**

**새봄이 되오니 제비시여 넋이라도 오소서.**

이상의 친구이자 그의 초상화를 그린 화가로 유명한 구본웅은 중학생 시절 제비(김상옥의 별명)의 순국 광경을 직접 목격했다. 내내 기억을 간직하고 있던 그는 1948년 시와 그림으로 그날의 일을 세상에 알렸다. 죽는 순간까지도 '둘째손가락으로 권총의 방아쇠를 걸고 권총을 힘있게 쥐고 있었다'는 기사 내용이 결코 거짓이나 과장이 아니었음을 확인할 수 있다.

## 77

### 신규식

**나는 아무것도 먹지 않겠다.**

**아무 말도 하지 않겠다.**

신규식은 외교와 조직 결성에 능한 사람이었다. 손문과는 죽을 때까지 교우를 나눴고 통일된 정부의 필요성을 주장하고 나선 사람도 바로 신규식이었다. 삼일운동에 미친 영향도 지대했다. 민족대표 33인 중 한 사람인 오세창은 신규식이 삼일운동에 불을 붙였다고 증언하기도 했다. 그런데 모두가 바랐던 임시정부가 막상 만들어지자 뜻밖의 일이 벌어졌다. 힘을 모아 독립운동에 매진하기는커녕 각자의 이익과 생각에 따라 사분오열되는 모습을 보였기 때문이다.

신규식은 분노를 참지 못했다. 병석에 누워 있었으면서도 단합을 호소하며 단식 투쟁을 벌였다. 그는 결국 다시는 일어나지 못하고 세상을 떠났다. 25일간의 단식은 그의 병에는 치명적이었다.

## 78

### 이상룡

**인생은 다할 때가 있는 법, 무슨 신경 쓸 일이 있겠는가?**

**만주 땅에다 일을 잔뜩 벌여놓았으니 나 혼자 돌아갈 수는 없다.**

**장부가 나라를 찾겠다고 출가했으나 피맺힌 한을 풀지도 못했다. 그러니 장차 어떻게 선조의 혼령에 사죄를 할까?**

**국토를 회복하기 전에는 내 해골을 고국에 싣고 돌아가지 마라.**

**이곳에 묻어 두고 그날이 오기를 기다려라.**

이상룡은 1932년 6월 15일 길림에서 세상을 떠났다. 이상룡의 죽음을 재촉한 것은 늙고 병든 육체였으나 신흥무관학교 시절부터 동지로 지내 왔던 이장녕과 여준의 갑작스러운 죽음이 미친 영향이 컸다. 지인들은 자리에 누운 이상룡에게 이제 귀국하자고 권유했다. 고향에 묻히는 것은 유림의 도리이기도 했으니. 동생 이상동은 이렇게 고생할 줄 알았으면 고국을 떠나지 않았을 거라는 후회의 말까지 슬쩍 내밀었다. 이상룡은 모든 기운을 다 뱉어 말했다.

**죽기 전에는 이곳을 못 떠난다. 아니 국권이 회복되지 않으면 죽어서도 떠나지 못한다.**

중국 땅에 묻혀 있던 이상룡의 유해는 1990년 대전 국립묘지로 옮겨졌고 지금은 국립묘지에 모셔져 있다.

## 79

### 이봉창

**저는 영원한 쾌락을 누리고자 이 길을 떠납니다.**
**기쁜 얼굴로 함께 사진을 찍읍시다.**

1932년 1월 8일 이봉창은 히로히토 천황에게 수류탄을 던졌다. 히로히토는 피해를 입지 않았으나 일본의 간담을 서늘하게 했던 거사였다. 우리말을 제대로 구사하지 못하는 데다가 일본 옷을 즐겨 입고 행동 또한 일본인처럼 보여 '왜영감'이라는 별명을 얻었던 조금은 특이했던 사람 이봉창의 거사를 계획한 사람은 김구였다.

이봉창은 일본으로 떠나기 전 양손에 수류탄을 들고 기념사진을 찍었다. 사진 속의 얼굴은 그의 말처럼 밝다.

이봉창의 한인애국단 선서문. (백범김구선생기념사업협회 제공)

宣誓文

나는赤誠으로써祖國의獨立과自由를回復하기爲하야韓人愛國團의一員이되야敵國의首魁를屠戮하기로盟誓하나이다

大韓民國十三年十二月十三日

宣誓人 李奉昌

韓人愛國團 앞

## 80

## 윤봉길

**제 시계는 6원, 선생님 시계는 2원짜리입니다.**

**저는 이제 한 시간 밖에는 더 소용없습니다.**

홍구공원에서 거사를 벌이기 전 윤봉길은 김구에게 시계를 내밀었다. 김구는 차마 그 시계를 받지 못했다. 거리에서 채소를 팔던(위장이라는 설도 있으나 그것은 중요하지 않다) 윤봉길은 어느 날 김구를 찾아와 마땅히 죽을 자리를 찾을 수가 없으니 지도해 달라고 부탁했다. 조국을 위해 목숨을 걸겠다는 뜻이었다. 그렇게 해서 만들어진 것이 홍구공원의 거사였다.

김구는 소중한 유품을 자신이 간직해도 되는지 생각하며 잠시 망설였다. 그러나 죽음을 각오한 사람의 마지막 부탁을 거절할 수는 없는 일, 김구는 결국 윤봉길의 시계를 받고 자신의 시계를 그에게 주었다. 김구가 윤봉길에게 마지막으로 한 말은 다음과 같았다.

**우리, 지하에서 다시 만납시다.**

윤봉길(尹奉吉;1908~1932)의사가 1931년 한인애국단(韓人愛國團)에
입단할 때 쓴 자필문서로 된 선언문과 함께 찍은 사진. 윤봉길 의사는
양손에 권총과 수류탄을 들고 가슴에는 선서문을 붙이고
태극기를 배경으로 사진을 찍었다. (독립기념관 제공)

## 81

### 김산

**극장에서 톨스토이의《부활》을 보았다.**

**가슴속에서 조금씩 흐르던 슬픔이 홍수처럼 넘쳐 흘렀다.**

**늘 긴장한 상태였던 나는 갑자기 눈물을 흘리기 시작했다.**

중국 공산당의 하이루펑 방어를 위한 전투에 참여했던 김산은 그 과정에서 무수한 죽음의 위기를 넘긴다. 간신히 하이루펑을 탈출해 홍콩에 도착한 후 극장에서《부활》을 본다. 김산은 김원봉이 톨스토이를 좋아했다고 회상했으나 그 역시 마찬가지였던 것 같다. 강인한 투사의 면모만 간직한 것 같았던 김산 또한 영화를 보고 눈물을 흘리던 뜨거운 감정을 지닌 사람이었다. 독립운동에 목숨을 걸지 않았더라면 아마도 그는 문학청년의 삶을 살았을 것이다.

## 82

## 심훈

**이 한 밤만 새우고 나면 집에서 돈표 든 편지나 올까.**

1919년 12월 9일 심훈은 「고루의 삼경」라는 시를 썼다. '눈은 쌓이고 쌓여/객창을 길로 덮고'로 시작하는 시에는 이국인 베이징에서 겪었던 조선 청년의 외로움이 잘 드러나 있다. 명문 경성고보에 다니다가 삼일운동으로 제적된 그는 계획도 없이 무작정 베이징으로 갔다. 돈이 없어 머물 곳조차 구하지 못했던 그 어려운 시기에 그는 이회영의 신세를 졌다. 이회영은 심훈을 막내아들처럼 귀여워했다고 한다. 값비싼 소고기를 구해서 먹이기도 했으며 심훈의 얼굴이 어두워지면 집 생각은 하지도 말라고 마음을 다잡아 주기도 했다.

두 달이 지난 후에야 집에서 돈이 도착했고 심훈은 마침내 따로 숙소를 얻었다. 그러던 어느 날 아침 머리가 반백인 노인 한 분이 그를 찾아왔다. 이회영이었다. 반가운 마음에 밖으로 뛰어나가 절을 하는 심훈에게 이회영이 뭔가를 건넸다. 조그마한 항아리였다. 항아리에는 시큼한 김치가 들어 있었다.

'만두 한 조각 얻어먹고/긴긴 밤을 달달 떠는데' 익숙했던 청년에게 그보다 귀한 선물은 없었을 것이다.

심훈.

## 83

### 이회영

**심산 선생의 돈이냐?**

**사정을 저에게도 말하지 않으시다니, 참으로 섭섭합니다.**

막내아들 같은 심훈에게 소고기와 김치를 아끼지 않고 베풀었던 이회영이었으나 실상 그의 살림살이는 넉넉지 않았다. 넉넉지 않기는커녕 매일의 끼니를 걱정해야 할 처지였다.

어느 날 김창숙이 이회영의 집을 찾았다. 공원에 나가서 바람이나 쐬자고 가볍게 제안했더니 뜻밖에도 이회영의 거절이 되돌아왔다. 사정이 있나 보다 생각하고 돌아서는데 이회영의 초췌한 얼굴이 아무래도 신경에 쓰여 그의 아들 규학에게 사정을 물었다.

"양식이 없어 이틀 동안 아무것도 못 드셨습니다. 의복 또한 변변치 않기에 나가지 않으려고 하시는 겁니다."

수백 억에 이르는 거금을 들고 고국을 떠난 이회영이었다. 독립운동에 아낌없이 돈을 내놓은 그가 먹을 것과 입을 것이 없어 외출을 꺼린다는 말이었다. 김창숙은 주머니를 털어 땔

감과 식량을 사고 전당포에 맡겼다는 옷도 찾아오게 했다. 아들이 찾아온 옷을 보고 이회영은 사정을 짐작한 듯 이렇게 물었다고 한다.

**심산 선생의 돈이냐?**

김창숙은 사정을 제대로 털어놓지 않아 서운하다는 감정을 일부러 요란하게 비추었고 두 사람의 우정은 이후 더욱 돈독해졌다.

## 84

### 김경천

**여름이 끝나가고 초가을이 다가온다.**

**나뭇잎이 떨어지면 군사행동을 하기 어려우니 어서 무기를 준비해 압록강 한 번 건너는 것이 소원이라고들 말한다.**

**내 생각도 그렇다. 그러나 지금 우리의 형편으로는 압록강은 고사하고 개천도 건너기 어렵다.**

김경천은 신흥무관학교에서 교관으로 지내면서 매일매일 '경천아일록'이라 이름 붙인 일기를 썼다. 국권 회복은 모두가 바라는 바였지만 현실은 바람과는 달랐다. 개천도 건너기 어렵다는 자조적인 표현에서 꿈과 현실의 괴리에 따른 절망감을 읽을 수 있다. 독립운동가라고 절망과 좌절을 겪지 않았다고 생각해서는 안 된다. 그들은 강철이 아니었다.

## 85

## 장준하

**조국을 잃고 해외로 망명하신 분들, 어쩌면 저렇게들 늙으셨을까?**

**이들의 모습은 어쩌면 내일의 우리일지도 모른다.**

**이들의 과거는 어쩌면 우리의 현재와 비슷했을 것이다.**

충칭에서 임시정부 요인들을 만난 장준하는 김구, 이시영 등의 노쇠한 모습을 보고 크나큰 충격을 받는다. 조국이 있다면 훌륭한 삶을 살았을 이들이 떠돌이처럼 중국 각지를 유랑하다가 지쳐 늙은 노인의 표정을 하고 있었다.

장준하는 그들의 모습을 통해 힘없는 조국의 냉엄한 현실을 깨달았고, 미래의 자신의 모습을 미리 보았다. 우리는 당연히 그의 안타까웠던 죽음을 떠올리지 않을 수 없다.

## 86

## 안중근

**도대체 내게 무슨 죄가 있는 걸까? 내가 무슨 죄를 범한 걸까?**

**생각하고 생각하니 깨달음이 왔다.**

**그들의 말대로 나는 과연 큰 죄인이었다.**

**어질고 약한 한국의 백성으로 태어난 죄인.**

안중근은 개인적인 원한으로 이토 히로부미를 죽인 것이 아니라는 사실을 재판 내내 강조했다. 대한국 의병 참모총장의 임무로 한 일이니 국제법에 따라 전쟁 포로로 간주되어야 한다고 했으나 받아들여지지 않았다. 안중근은 감옥으로 돌아와 정당하게 행동한 자신이 사형받은 이유를 곰곰 생각한 끝에 답을 얻는다.

약한 조국, 약한 민족이 죄인을 만들었다는 가슴 아픈 깨달음.

## 87

### 김산

**젊은 시절을 잃어버린 것, 아니 젊은 시절이 전혀 없었던 이유는 오직 하나, 한국인이기 때문이다.**

**한국이라는 나라는 자신의 어려움을 고민하는 젊은 청춘을 가지지 못했기 때문에, 아니 가질 자격이 없었기 때문이다.**

젊은 시절에 대해 말해 달라는 님 웨일즈의 요청에 김산은 자신의 젊은 시절을 정확히 알 수 없는 어느 곳에선가 잃어버렸다고 대답한다. 김산은 조금은 낭만적으로 표현했지만 33세 청년의 젊은 시절을 앗아간 건, 문학을 사랑했던 청년을 최전선으로 내몰았던 건 바로 조국이었다. 지금 여기의 모습과도 겹치는 느낌이 드는 건 왜일까?

## 88

### 안창호

**간다 간다 나는 간다 너를 두고 나는 간다**

**지금 너와 작별한 후 태평양과 대서양을**

**건널 때도 있을지요 시베리아 만주 들로**

**다닐 때도 있을지나 나의 몸은 부평같이**

**어느 곳에 가 있든지 너를 생각할 터이니**

**너도 나를 생각하라 나의 사랑 한반도야**

1910년 4월 7일 안창호는 멸망 직전의 조선을 떠나 중국으로 갔다. 국내에서는 제대로 된 활동을 할 수 없는 상황이었기에 해외로 나가 독립군 기지를 개척하려 한 것이었다. 그는 고국을 떠나는 배 안에서 「거국가(去國歌)」를 지어 불렀다. 거국가의 마지막 가사는 다음과 같다.

**훗날 다시 만나 보자 나의 사랑 한반도야.**

안창호는 1932년 6월 7일 고국 땅을 다시 밟았다. 자신의 의지로 밟은 것이 아니었다. 일본 경찰에 의해 강제 압송되었다.

## 89

### 이상룡

**칼날보다 날카로운 삭풍이**

**나의 살을 벤다.**

**살은 깎여도 참을 수 있고**

**창자는 끊어져도 슬프지 않다.**

**내 밭 내 집 빼앗은 것도 모자라**

**내 처자까지 넘겨다보니**

**차라리 머리를 잘릴지언정**

**무릎 꿇어 종이 되지는 않겠다.**

이상룡이 국경을 넘으며 읊었다는 시다. 뭘 더 보탤까? 그는 다짐대로 평생 무릎 꿇지 않는 삶, 종이 아닌 주인의 삶을 살았다.

## 90

### 김산

**한국인들이 열망하는 건 단 두 가지였다, 독립과 민주주의.**

**다른 말로 바꾸어 쓰면 바로 자유.**

**자유를 모르는 이들에게 자유는 금이었다. 세상에서 가장 신성한 그 무엇!**

김산은 이러한 자유에 대한 강한 열망 때문에 무정부주의가 강한 호소력을 지녔다고 믿었다. 민족주의 정신이 강했던 신채호, 이회영이 무정부주의자의 길을 걸은 것도 같은 이유 때문이었을 것이다.

## 91

### 유인석

**병든 몸 작기도 한데 달리는 범선 만 리도 가볍다**

**나라의 운명은 지금 어떠한가? 천심이 길을 재촉하네**

**풍운은 수시로 변하고 해와 달만이 홀로 밝네**

**한가로운 주위 소리에 내 심정만 아득**

서간도로 떠났다가 고종의 뜻에 따라 잠시 귀국했던 유인석은 고종이 강제 퇴위를 당하고 국내 활동이 어렵게 되자 1907년 블라디보스토크로 망명했다. 망명하는 배 안에서 쓴 시에는 고통과 근심이 가득하다.

이 시는 유인석의 유언이 되었다. 그 후 다시는 고국 땅을 밟아 보지 못했으니.

## 92

### 안창호

**사람들은 나보고 대감, 혹은 영감이라 부른다. 나는 그 호칭들을 싫어한다.**

**우리나라에 매국노가 많은 건 잘 알려진 사실이다.**

**대감들이 일등 매국노이고, 영감들이 이등 매국노이다.**

김창숙에 따르면 한일 강제병합 직후 일제가 관직에 있던 이들에게 특별사례금을 지급하자 '온 나라의 양반들이 뛸 듯이 좋아하며 따랐다'고 한다. 조선총독부는 조선의 고위 인사 76명에게 작위를 수여했는데 거절한 이들은 십여 명에 불과하다. 이런 이들이 조선의 지배층이었으니 망하지 않을 도리가 없었을 것이다. 자신의 책임을 망각한 대감과 영감들에게 안창호가 치를 떠는 이유를 알 수 있다.

## 93

### 안중근

**우국지사는 처와 자식을 생각하지 않는다.**

감옥 생활은 사람을 나약하게 만드는 법, 안중근과 함께 의거에 참여한 이들 또한 무척 강건한 이들이었음에도 지치고 두려운 나머지 고향과 가족 생각을 하며 우울하거나 슬퍼하는 경우가 많았던 것 같다. 그러나 안중근만은 꼿꼿했다. 가족 생각이 나지 않느냐는 물음에 안중근은 여전히 기개로 가득한 답을 내놓았다. 안중근만큼이나 꼿꼿했던 김창숙의 사례도 추가하는 게 좋겠다. 어느 날 부인이 체포된 김창숙을 찾아와 한탄했다. 이제 집안은 어떻게 할 것이냐고. 장남까지 잃은 아내였다. 어쩌면 아내가 원한 것은 그저 따뜻한 말 한마디였을 것이다. 김창숙은 아내의 마음을 외면했다.

**집안을 잊은 지 이미 10년이오.**

모질다고 김창숙을 비난할 수도 있겠다. 아내와 가족이 그

럽지 않고 그들에게 미안하지 않아서 이렇게 답했다고 생각하는 사람은 없으리라 믿는다.

## 94

### 이회영

**네 어머니는 금방 다녀오실 것이다.**

**과자도 사 오시고 네가 입을 비단옷도 가져오실 것이다.**

여러 차례 말했듯 이회영 일가의 그 많던 돈은 모조리 독립운동에 쓰였다. 1925년 마침내 끼니조차 잇기 어려운 처지에 이르자 보다 못한 아내 이은숙이 홀로 고국으로 들어가 돈을 마련해 보기로 했다. 이회영은 일곱 살 난 딸과 함께 아내가 떠나는 모습을 지켜보았다. 이은숙은 이회영의 동지들을 찾아다니며 돈을 마련했다. 그러나 독립운동에 대한 열기가 현저히 식은 국내에서 중국 생활에 필요한 돈을 모두 마련하기란 불가능했다. 이은숙은 고무공장에서 일하거나 기생들의 옷을 수선해 모은 돈을 중국에 보냈다. 필요를 채우기에는 턱없이 부족한 돈이었지만 이회영은 감사하고 미안한 마음으로 그 돈을 받았을 것이다.

## 95

### 안중근

**불효자가 감히 어머님께 한 말씀을 올립니다.**

**엎드려 바라옵건대 자식의 막심한 불효와 아침, 저녁 문안 인사 못 드림을 용서해 주십시오.**

**이슬과도 같은 이 허무한 세상에서 자식에 대한 정을 이기지 못하시고 저 같은 불효자를 늘 생각해 주시니 훗날 천당에서나 만나 뵐 것을 바라며 간절히 기도합니다.**

처와 자식을 생각하지 않는다는 안중근이었지만 어머니는 예외였다. 망한 나라의 풍속이 되어 버린 아침저녁의 문안 인사를 언급하는 부분에서 그의 여린 마음을 읽을 수 있다.

## 96

## 김산

**내게 환상이라고는 거의 남아 있지 않다.**

**사람에 대한 신뢰, 역사를 창조하는 인간의 능력에 대한 신뢰는 전혀 잃지 않았다.**

김산은 어떻게 죽었을까? 중국 공산당을 평생의 동지로 여겼던 김산은 믿었던 공산당의 손에 처형을 당했다. 김산의 또 다른 회상을 인용한다.

**우리 혁명가들에겐 나라가 넷이나 있다. 시베리아, 만주, 중국, 일본. 그러나 나라를 넷이나 가진 인간은 나라를 하나도 갖지 못한 인간보다도 훨씬 비참하다…… 한국인들은 일본인, 중국인, 상하이의 영국인과 프랑스인 경찰, 심지어는 같은 한국인 경찰들에게도 합법적으로 체포된다. 그 어느 곳에서도 우리는 보호를 받지 못한다.**

독립운동가들의 처지를 이보다 잘 표현한 글도 없을 것이다. 일본이 독립운동가를 핍박한 것은 당연한 일이었지만 유일한 친구라고 믿었던 중국 또한 필요에 따라 수시로 배반을 일삼았다. 어쩌면 김산은 자신이 비극적인 죽음을 맞이하리라는 사실을 어느 정도는 예감하고 있었을 것이다. 그런 어려운 상황 속에서도 그는 사람에 대한 신뢰를 끝까지 버리지 않았다.

## 97

### 안창호

**일평생 당신에게 위로와 기쁨을 준 적이 없는데 이제 또 근심과 슬픔의 재료를 주니 미안함이 끝이 없습니다.**

**그렇다고 지나치게 걱정은 하지 마세요. 나와 같은 길을 걷다가 나보다 먼저 철창 밑에서 고생한 사람이 헤아릴 수도 없이 많은데 이제 내가 그 고통을 받는다고 특별히 슬퍼할 이유는 없습니다.**

**다만 과거를 돌아보면 무엇을 한다는 것이 모두 헛된 이름뿐이었고 실제로는 아무것도 이룬 것도 없이 공연히 여러 사람에게 근심만 끼치게 되었으니 스스로 부끄러워 스스로 모질게 책망합니다.**

윤봉길의 의거 후 중국에서 체포된 안창호는 내내 의연하게 대처했으나 단 한 사람, 자신의 아내에게는 미안한 마음을 감추지 못했다. 이번에도 여지없이 등장하는 단어 부끄러움, 깊은 밤, 잠 못 이루고 홀로 고민했던 윤동주가 '죽는 날까지 한 점 부끄러움이 없기를' 바랐던 이유를 조금은 알 것 같다.

## 98

## 심훈

**그날이 오면 그날이 오며는**

**삼각산이 일어나 더덩실 춤이라도 추고**

**한강물이 뒤집혀 용솟음칠 그날이,**

**이 목숨이 끊지기 전에 와 주기만 하량이면,**

**나는 밤하늘에 날으는 까마귀와 같이**

**종로의 인경을 머리로 들이받아 올리오리다,**

**두개골은 깨어져 산산조각이 나도**

**기뻐서 죽사오매 오히려 무슨 한이 남으오리까**

『상록수』의 작가 심훈은 삼일운동에 참여해 퇴학을 당한 후 중국으로 망명했다. 1923년 귀국 후 소설과 영화에 몰두하는 것처럼 보였던 심훈은 실은 저항과 독립의 의지를 조금도 버리지 않았던 삶을 살았다. 1930년 3월 1일 심훈은 「그날이 오면」을 발표했다. 심훈은 이 시가 실린 시집을 발간하려 했으나 검열에 걸려 뜻을 이루지 못했다. 미리 써 놓았던 서문에서 그는 다음과 같이 한탄한다.

**걸어온 길바닥에 발자국 하나도 남기지 못한 채 나이만 들었다.**

정말 그런가? 우리는 지금 그가 남긴 선명한 발자국을 보고 있다.

## 99

### 허은

**우리같이 쫓겨 다니며 입에 풀칠이나 하고 위기를 넘긴 사람들은 자손들의 교육 같은 것은 생각도 하지 못하고 살았다.**

**어른들의 독립 투쟁, 그것만이 직접 보고 배운 산교육이었다.**

**목숨을 항상 내놓고 다녔으니 살아 있는 것만 해도 기적이었다.**

**애 어른 할 것 없이 그 허허벌판 황야에 묻힌 사람은 또 얼마나 많았는지. 우리는 불모지의 잡초처럼 살았다.**

이상룡의 손자며느리 허은은 이상룡이 세상을 떠난 후 고국으로 돌아왔다. 나라가 처한 상황은 조금도 더 나아진 것이 없었다. 그 와중에 친정도 시가도 거의 몰락하다시피 했다. 친일파의 후손들은 달랐다. 좋은 옷을 입고 좋은 음식을 먹으며 좋은 학교에서 최고의 교육을 받고 있었다. 그 광경을 목격한 독립운동가들은 얼마나 마음이 아팠을까? 지금이라고 사정이 달라지지는 않았다. 친일파의 후손들이 어떤 삶을 누리며 살고 있는지 우리는 잘 안다.

독립운동가의 고난은 여전히 현재 진행형이다.

## 100

## 김산

**친구와 동지 대부분이 세상을 떠났다.**

**민족주의자, 기독교 신자, 무정부주의자, 테러리스트, 공산주의자들이 다 죽어 버렸다. 그러나 내 마음속에서 그들은 여전히 살아 있다.**

**그들은 전쟁터에서, 사형장에서, 이름 없는 거리와 마을에서 피를 흘렸고, 그들의 혼령은 한국과 만주와 일본과 시베리아의 땅속으로 스며들어 갔다.**

**그들이 과연 성공한 삶을 살았을까?**

**그들은 눈에 띄는 대단한 성과를 만들어 내는 데는 실패했다. 그들의 이름이나 뼈는 이루지 못한 꿈과 함께 땅에 묻혔을 것이다. 그러나 역사 속에서 그들은 여전히 살아 있다.**

**그들이 이루었거나 실패한 것들은 역사의 저울에서 결코 사라지지 않는다. 그러므로 그들은 영원히 죽지 않는다.**

김산은 모든 인터뷰를 마친 후 님 웨일즈에게 향후 2년 동안은 원고를 출간하지 말아 달라고 요청했다. '극비 대표'인

자신의 발언이 동지들에게 미칠 영향을 고려했기 때문이었을 터. 어쩌면 실패에 대한 예감도 이유 중의 하나였을 것이라고 생각해본다. 님 웨일즈는 4년 뒤인 1941년에 『아리랑』을 발간함으로써 약속을 지켰다. 안타깝게도 김산은 책을 볼 수 없었다. 1938년에 처형당했기 때문이다.

객관적인 눈으로 볼 때 김산의 삶은 성공과는 거리가 멀었다. 그가 고백한 말로도 증명이 된다.

**내 삶은 실패의 연속이었다.**

후회하고 한탄하기 위해 한 말은 아니었다. 그는 승리하리라는 믿음을 단 한 번도 버린 적이 없었다. 싸우고 또 싸우면 반드시 역사를 움직일 수 있으리라 믿었다. 그랬기에 그는 이렇게 말했으리라.

**나는 오직, 나 스스로에게는 승리했다.**

## 101

### 안창호

**기미년 3월 1일 이후 우리는 방황하지 않고 전진했다.**

**지금 와서 방황하면 우리에겐 죽음뿐이다.**

**성공이 가까이 있어도 나아가야 하며, 멀리 있어도 나아가야 하며, 이미 성공을 거두었어도 나가야만 하고, 죽음을 무릅쓰고서라도 나아가야 한다.**

**독립이 완성되는 날까지, 우리가 죽는 날까지 쉬지 말고 전진해야만 한다.**

1919년 12월 7일 상하이 교민단에서 한 안창호의 연설이다. 시종 함께, 끝까지 가기를 강조한 이 연설의 마지막은 다음과 같다.

**우리는 과거에 사는 사람이 아니라 미래에 살아가야 하는 사람입니다.**

우리의 미래는 우리가 얻은 게 아니라 독립운동가들이 흐르는 피와 부서진 뼈로 포장해 선물해 준 것이다.

말꽃모음 독립운동가들의 짧은 약력

**강우규**

제3대 조선 총독으로 부임하는 사이토 마코토에게 남대문에서 폭탄을 던졌으나 성공하지 못하고 체포되어 사형당했다.

**김경천**

일본 육사 출신으로 동경에서 한국인 장교로 근무했으나 2·8 독립선언의 영향을 받아 만주로 망명하여 독립운동 및 독립군 양성. 수청고려의병대 총사령관, 고려혁명군 동부사령부 책임자를 지냈고 저술로는 『경천아일록(擎天兒日錄)』이 있다.

**김구**

임시정부 초대 경무국장을 거쳐 국무위원과 주석을 지냈다. 해방 이후 신탁통치에 반대하며 반탁운동을 맹렬히 전개, 완전자주독립노선을 주장했다. 1949년 6월 경교장에서 육군 현역 장교 안두희가 쏜 총탄을 맞고 서거했다. 저서로는 『백범일지』가 있다.

**김대락**

중국 간도에서 군사 및 교포의 자녀들을 교육. 항일운동의 실상을 기록한 『서종록(西從錄)』, 『백하일록(白下日錄)』 등을 저술했다.

**김산**

독립신문(임시정부) 교정원, 혁명행동 부주필, 북경시위원회 조직부장, 항일군정대학 교수를 역임. 항일군정대학 시절 미국의 언론인 웨일즈(Wales, N.)를 만나 자신의 생애를 구술하였으며, 웨일즈는 이를 토대로 『아리랑』을 출판하였다.

**김상옥**

암살단을 조직해 친일파와 일본인 암살을 꾀했으나 실패하고 상하이로 망명해 의열단에 가담했다. 1923년 종로경찰서에 폭탄을 던져 다나카 형사부장 등을 죽였다. 이후 일제경찰에 포위되어 총격전을 벌이다가 자결했다.

**김성숙**

승려 출신으로 중국으로 망명하여 『혁명』, 『혁명행동』 등의 기관지 발간. 조선민족해방동맹, 조선민족전선연맹을 조직하여 활약. 대한민국임시정부 국무위원을 역임했다.

**김시현**

3·1운동 이후 만주 길림으로 망명하여 의열단 입단. 독립동맹 조직 및 활동. 황옥과 함께 거사를 치르려다 붙잡혀 징역 10년을 언도받은 김시현은 이후에도 독립운동과 투옥을 반복하다 수감 도중 광복을 맞이했다.

**김원봉**

의열단 조직, 조선의용대 창설, 대한민국임시정부 군무부장, 광복군 제1지대장 및 부사령관 등을 역임, 조선민족혁명당을 이끌고 중국 내 민족해방운동을 주도했다.

**김지섭**

의열단에 가입하여 일본 동경에서 열리는 제국의회에 폭탄을 투척할 목적이었으나 제국의회의 휴회로 실행하지 못하게 되자 일본 황성에 폭탄을 던지고 체포되어 1928년 일본 천엽형무소에서 옥중 순국했다.

**김창숙**

3·1운동 후 전국의 유림을 규합, 한국독립을 호소하는 진정서를 만국평화회의에 제출. 성균관대학 설립 및 초대 총장 역임했다.

**나석주**

3·1 운동 후 국내의 군사자금을 모금하여 상해 임시정부 지원. 식산은행과 동양척식주식회사에 폭탄을 투척하였으나 불발, 일본경찰과의 총격전을 벌인 끝에 탄환이 떨어지자 자결했다.

**민긍호**

대한제국군 출신 의병장. 1907년 일제가 원주수비대를 해산하려 하자 의병부대로 재편성하여, 제천·여주 등지에서 유격전을 펼침. 1908년 2월 일본군과 접전 중 체포되어 강림으로 호송되었다. 호송 당일 그를 구하러 온 부하들과 탈출하다가 사살되었다.

**박상진**

대한광복회 총사령 역임. 친일파 근절, 군자금 모집 등 의열투쟁을 전개하다 체포되어 순국했다.

**박열**

18세에 일본 동경으로 건너가 '흑도회', '흑우회' 등 항일 사상단체 및 불령사를 조직하여 항일운동에 매진. 천황과 황실요인을 암살하려 했다는 혐의로 체포되어 장기간 복역했다.

**송학선**

사이토 마코토 총독으로 오인, 경성부회 평의원들을 살해하고 달아나다 체포되어 사형당했다.

**신규식**

을사늑약 체결 후 자결하려 극약 마셨다가 한쪽 눈의 시력을 상실. 대한민국임시정부 법무총장과 외무총장 등을 역임했다.

**신채호**

『조선상고사』, 『조선상고문화사』, 『조선사연구초』 등을 저술한 학자이며 언론인. 출옥을 1년 8개월 앞둔 1936년 뤼순 감옥에서 순국했다.

**심훈**

「그날이 오면」의 시인. 열혈 독립운동가로, 조국광복과 민족독립에 대한 열정을 표출한 항일 문학운동가. 대표작으로 『상록수』, 『영원의 미소』가 있다.

**안중근**

삼흥학교를 세우는 등 인재양성에 힘썼으며, 만주 하얼빈에서 이토 히로부미를 사살하고 체포되어 1910년 뤼순 감옥에서 순국했다.

**안창호**

민주주의적 민족국가 수립 위해 헌신. 신민회(新民會), 흥사단(興士團)을 결성. 윤봉길의 홍커우 공원 폭탄 사건으로 체포되어 4년형을 선고 받은 뒤 출옥, 수양동우회 사건으로 다시 투옥되어 병보석으로 나왔으나 이듬해 간경화증으로 사망했다.

**유인석**

갑오개혁 후 의병을 일으켰으나, 관군에게 패전하고 만주로 망명. 대한3도의군 도총재 역임. 펑톈성에서 병사했다.

**윤봉길**

1932년 천장절(天長節) 겸 전승축하기념식에 폭탄을 투척, 일본 상하이파견군 대장 등을 즉사시키는 거사를 치르고 현장에서 체포된 후 사형당했다. 이 거사는 임시정부가 중국 국민당의 적극적인 지원을 받아 항일운동을 이어갈 수 있는 계기가 되었다.

**윤세주**

1919년 3·1운동 당시 밀양에서 만세운동을 주도, 조선의열단에서 활동. 1942년 6월 요현 마전에서 일본군의 습격을 받아 순국했다.

**이동휘**

한인사회당과 상해파 고려공산당을 주도했고, 통일임시정부 초대 국무총리를 지냈다. 이승만과의 갈등 끝에 임시정부를 탈퇴하고 고려공산당 대표로 활동했다.

**이봉창**

1932년 일본 도쿄에서 일왕(日王)의 행렬에 폭탄을 던졌으나 실패, 체포됨. 이봉창은 일본 경찰의 심문에 일체 응하지 않은 가운데 예심조차 없이 진행된 그해 10월의 비공개 재판에서 사형선고를 받고, 이치가야 형무소에서 순국했다.

**이상룡**

서로군정서 최고책임자와 대한민국임시정부의 국무령을 지냈다. 간도 망명 후 신흥강습소, 부민단 등을 조직하여 활동했다.

**이상설**

헤이그특사, 권업회 회장, 신한혁명단 본부장 등을 역임. 을사조약 체결에 반대하는 상소투쟁을 벌였다.

**이육사**

식민지하의 민족적 비운을 소재로 삼아 강렬한 저항 의지를 나타내고, 꺼지지 않는 민족정신을 장엄하게 노래한 시인. 작품으로 「광야」, 「청포도」 등이 있다.

**이재명**

1909년 이토 히로부미를 죽이고자 계획하였고, 12월 명동성당에서 이완용을 찌르고 체포되어 사형당했다.

**이종희**

조선의용대 총무조장, 광복군 제1지대 지대장, 임시정부 정원의원 등을 역임. 일제의 밀정인 김달하를 처단했다.

**이회영**

해외항일투쟁과 무정부주의 운동을 전개했던 독립운동가. 일본에 의해 대한제국의 군대가 해산되자 형제들과 전 재산을 팔아, 만주에 신흥무관학교를 설립해 독립군 양성. 1932년 주만 일본군사령관 암살을 목적으로 다롄으로 가던 중 밀정의 밀고로 체포되어 고문 끝에 옥사했다.

**장준하**

한국광복군 제2지대에 배속되어 활동. 『사상계』 발행 반독재 투쟁에 헌신했다. 김구의 비서, 비상국민회의 서기 등을 역임. 국회의원을 지냈으며, 독재에 항거하다가 투옥되기도 했다. 1975년 의문사했다.

**주기철**

신사 참배가 강요되었을 때 이를 반대하여 약 6년간 옥중에서 투쟁한 목회자, 순교자.

**허위**

을미의병 때 의병 소집, 김산의병 참모장, 연합의병부대 창설. 1908년 6월 일본군 헌병대에 붙잡혀 교수형으로 순국했다.

**허은**

서로군정서 회의 때 조석 조달, 군정서 대원들의 군복 배급 등 만주 무장 독립운동을 지원했다.

**홍범도**

대한독립군 총사령관, 대한독립군단 부총재 등을 역임. 홍범도가 이끈 봉오동 전투는 만주와 연해주 일대에서 독립군들이 활동을 시작한 후 일본 정규군을 상대로 한 처음으로 이뤄낸 최대의 승리였다.

**홍흥순**

이회영의 가노로 이회영의 뜻을 함께하여 만주에서 함께 독립운동을 전개하였다.

한국독립당 임시정부 환국 기념. (백범김구선생기념사업협회 제공)

— 강우규

**내가 죽어서 청년들의 가슴에 조그마한 충격이라도 줄 수 있다면**

**그것이 바로 소원하는 일이다.**

— 김경천

**(삼일운동으로) 자유를 선언한 지 3년,**

**지금까지 독립을 이루지 못했으니 전 세계에 대해 부끄러운 일이다.**

— 김구

**우리, 지하에서 다시 만납시다.**

— 김대락

**쇠붙이와 돌은 깨질지 몰라도**

**자유를 향한 우리의 열정은 깎아 낼 수 없는 고귀한 것이다.**

— 김산

**오래 참았던 사람들이 터뜨리는 분노보다 더 큰 분노는 없다.**

— 김상옥

**팔뚝의 힘을 똑바로 가져야**

**유사시에 왜놈과 싸울 수가 있는 법이다.**

— 김시현

**내가 몸을 돌보는 방법은 오직 하나, 독립운동을 하는 것이다.**

— 김원봉

**자유는 남의 힘으로 얻어지는 것이 아니다.**

— 김지섭

**나 홀로 적국에 들어와 사형을 선고받다니,**

**진실로 넘치는 영광이다.**

— 김창숙

**나는 역적들과는 한 하늘 아래에서 살지 않기로**

**맹세를 한 바 있다.**

— 나석주

**동포들이여, 분투하라. 쉬지 말고 투쟁하라.**

— 민긍호

**설령 패하여 망망대해를 떠도는 영혼이 될지라도**

**나는 결코 후회 따위는 하지 않을 것이다.**

— 박상진

**나라는 반드시 되찾을 것이고, 적은 멸망할 것이며,**

**공적은 길이 남으리라.**

— 박열

**내 육체는 당신들 마음대로 죽일 수 있겠지만**

**내 정신이야 어찌 그럴 수 있겠는가?**

— 송학선

**우리나라를 강탈하고 우리 민족을 압박하는 놈들은**

**백번 죽어 마땅하다는 사실, 그거 하나는 아주 잘 안다.**

— 신규식

**애꾸눈으로 왜놈들을 흘겨보겠다.**

— 신채호

**민중은 우리 혁명의 대본영이며 폭력은**

**우리 혁명의 유일한 무기다.**

— 심훈

**두개골은 깨어져 산산조각이 나도 기뻐서 죽사오매**

**오히려 무슨 한이 남으오리까!**

— 안중근

**한국인이라면 국내에 있건, 국외에 살건,**

**남녀와 노소를 구별하지 않고,**

**모두 총을 메고 칼을 차고 의거를 일으켜야 한다.**

— 안창호

**우리는 과거에 사는 사람이 아니라**

**미래에 살아가야 하는 사람입니다.**

— 유인석

**나라가 망할 위기에 처했다.**

**거적자리를 깔고 방패를 베개 삼아 물불을 가리지 말고 싸우자.**

— 윤봉길

**저는 이제 한 시간밖에는 더 소용없습니다.**

— 윤세주

**나가자 나가자 굳게 뭉치어 원수를 소탕하러 나가자.**

— 이동휘

**나는 평생을 자유와 독립을 위한 투쟁에 바쳤다.**

**젊은이들은 그 정신을 잊지 말고 이어가야 할 의무가 있다.**

— 이봉창

**저는 영원한 쾌락을 누리고자 이 길을 떠납니다.**

— 이상룡

**차라리 머리를 잘릴지언정 무릎 꿇어 종이 되지는 않겠다.**

— 이상설

**화장한 후 재를 시베리아 벌판에 날려라.**

**독립이 오기 전에는 제사도 지내지 마라.**

— 이육사

**내 길을 사랑하는 마음,**

**그것은 나 자신에 희생을 요구하는 노력이오.**

— 이재명

**나는 매국노를 죽이는 의로운 행동을 했다.**

— 이종희

**의로움을 추구하는 삶을 살자.**

— 이회영

**지배 없는 세상, 억압과 수탈이 없는 세상,**

**우리 독립 한국에서는 이러한 가치들이**

**꼭 실현되어야 하겠다는 것이 나의 일관된 믿음이었다.**

— 장준하

**조국을 잃고 해외로 망명하신 분들,**

**어쩌면 저렇게들 늙으셨을까?**

**이들의 모습은 어쩌면 내일의 우리일지도 모른다.**

— 주기철

**일본의 태평성대를 찬양하며 뜨거운 눈물 대신**

**입바른 아첨으로 이 사악한 시대와 어두운 현실을 외면만 하는**

**이유가 도대체 무엇인가?**

— 허위

**앉아서 망하기를 기다릴 것인가? 차라리 힘을 다하고**

**마음을 다해 계책을 세우자.**

— 허은

**어른들의 독립 투쟁, 그것만이 직접 보고 배운 산교육이었다.**

— 홍범도

**잘못을 깨닫지 못하는 것, 그것이 가장 큰 잘못이다.**

— 홍홍순

**독립운동을 하니 상하와 귀천이 없어졌다.**

## 주요 참고 문헌


김구, 도진순 주해, 『백범일지』, 돌베개, 2002
김동진, 『1923 경성을 뒤흔든 사람들』, 서해문집, 2010
김상웅, 『심산 김상숙 평전』, 시대의창, 2006
김학철, 『최후의 분대장』, 문학과지성사, 1995
김형민, 『한국사를 지켜라1』, 푸른역사, 2016
님 웨일즈, 조우화 역, 『아리랑』, 1984
박태원, 『약산과 의열단』, 깊은샘, 2015
서경식, 『시의 힘』, 현암사, 2015
서중석, 『신흥무관학교와 망명자들』, 역사비평사, 2001
심훈, 『그날이 오면』, 범우사, 2014
안중근, 『안중근 의사 자서전』, 범우사, 2014
안창호, 안병욱 편, 『나의 사랑하는 젊은이들에게』, 지성문화사, 1987
은예린, 『강우규 평전』, 책미래, 2015
이광수, 『도산 안창호』, 범우사, 1995
이덕일, 『근대를 말하다』, 역사의아침, 2012
이덕일, 『아나키스트 이회영과 젊은 그들』, 웅진, 2001
이원규, 『김산 평전』, 실천문학사, 2006
이이화, 『이이화의 인물한국사4』, 주니어김영사, 2011
이호룡, 『신채호 다시 읽기』, 돌베개, 2013
장석홍, 『안창호』, 역사공간, 2016
장준하, 『돌베개』, 돌베개, 2015
정상규, 『잊혀진 영웅들, 독립운동가』, 휴먼큐브, 2017
조한성, 『한국의 레지스탕스』, 생각정원, 2013
허은, 변창애 기록, 『아직도 내 귀엔 서간도 바람 소리가』, 민족문제연구소, 2010
이육사문학관(http://www.264.or.kr/)
국가보훈처 공훈전자사료관(http://e-gonghun.mpva.go.kr)
독립기념관 한국독립운동전자시스템(https://search.i815.or.kr/main.do)
한국사 데이터베이스(http://db.history.go.kr/)